老耿继续道：

"您别笑话我，当初我还动过心呢，说开辟新路子也要有个度，什么角色该什么人演，都有一定的数，演起来也难为呀，都到这把岁数了，我今年过了半辈子，以前什么都想开了。人生如朝露，富贵如浮云，谁能活得清了，反倒是看不透了，把您的福演了回主角，当然也把人物演活了，出了彩。您说的有道理，谁说花旦就该长成那样，配角就该长成那样呢？……"

摘自《双旦雷雨》

[illegible]

2022.8.23

规则人生

滕肖澜 著

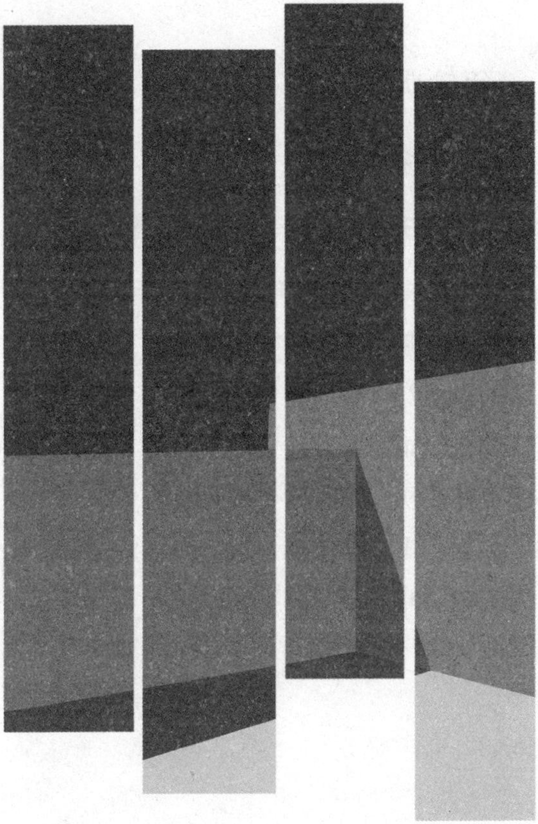

河北出版传媒集团
河北教育出版社

编者荐言

中国当代文学已走过七十多年，每一次文学浪潮的奔腾翻涌，都有彪炳文学史的作家留下优秀作品。

回首20世纪七八十年代，改革开放开启了中国当代文学持续至今的繁盛，由于几百家文学刊物的存在，中短篇小说曾是浩荡文学洪流中的浪尖。然而，以1993年“陕军东征”为分水岭，长篇小说创作成为中国文坛中独立潮头的存在，衡量一个作家的创作成就及一个时期的文学成果，往往要看长篇小说的收获。中短篇小说的创作和读者关注度减弱，似乎文学作品非鸿篇巨制不足以铭记大时代车轮驶过的隆隆巨响。

进入21世纪，特别是党的十八大以来的新时代，我们乘着光纤体验世界的光速变迁，网络文学全面崛起，读图时代、视频时代甚至元宇宙时代的更迭，令人应接不暇，文学创作无论是体裁还是题材都呈现出一种扇面散播效应，中短篇小说创作也再度呈扇面式生长，精彩纷呈。

为此，我们特编辑了这套“年轮典存丛书”，以点带面地梳理生于不同年代的当代优秀作家的中短篇小说精品，呈现不同代际作家年轮般的生长样态。

我们不无感佩地看到，生于1940年前后的文学前辈，青年时已是文坛旗手，在当下依然保持着丰沛的创作力，他们笔耕不辍，使当代文学大树的根扎得更深。

“50后”一代作家已走过一个甲子，笔力越发苍劲。他们不断返回一代人的成长现场，返回村镇故乡、市井街巷；上承“40后”的宏大命运主题，下接烟火漫卷的无边地气；既广受外国文学的影响，又保有中国古典文学的高蹈气质。

在“60后”这一中坚力量的年轮线上，我们能看到在城乡裂变、传统向现代过渡的进程中，一代人的身份确认、自我实现，以及精神成长的喜悦和焦虑。

“70后”作家因人生经验与改革开放四十年紧密相连而被称为“幸运的一代”和“夹缝中壮大的一代”，也是倍受前辈作家的成就影响而焦虑的一代。如今已与前辈并立潮头，表现不俗。

而作为“网生一代”的“80后”和“90后”，他们的写作得到更多赞誉的同时，也承受了更多挑剔和质疑。但经过岁月淘洗，我们欣喜地看到，曾经的文学小将已在文坛扎扎实实立稳脚跟，相继以立身之作进入而立和不惑之年。

六代作家七十年，接力写下人世间。宏阔进程中的21世纪中国当代文学，正在形成新的文学山峰的山脊线。短经典历久弥新，存文脉山高水长。

目　录
CONTENTS

倾国倾城

一

庞鹰第一次看见高丽华，是在崔海和蒋莹的婚礼上。她一出现，便把新娘子的风头给抢了去。按说蒋莹也是个美人，在分行里很有些男人缘，但美人与美人也是有区别的——小美人遇上大美人，眉清目秀遇上倾国倾城，高下立分。加上蒋莹已有了三个多月的身孕，脸肿得很，靠厚厚一层粉撑着，浓妆之下，更少了几分灵气，像是木偶娃娃。

庞鹰和苏圆圆夫妇坐一桌。她并不认识新郎新娘，蒋莹调走的时候，她还没毕业。新郎崔海是佟承志的学长，又是苏圆圆父亲的旧下属，因此关系比旁人要亲近些。新郎新娘来敬酒时，苏圆圆向他们介绍庞鹰："我们科里新来的小同志，××大学毕业。"崔海便笑一笑，说："哦，高才生，前途无量啊。"庞鹰脸微微一红，还不及说话，崔海已转了话头，问苏圆圆："老行长最近身体怎么样？"苏圆圆道："还是老样子，天天吃降压药。"崔海道："改天我去看他老人家。"苏圆圆笑道："崔处您现在是新贵，又是新婚，大忙人，怎么好意思劳您的驾？"崔海也笑："别寻我开心了，你们家承志还比我小两岁呢，都当处长好几年了，我眼看是'奔四'的人了，好不容易才扶正，眼泪水嗒嗒滴，伤心啊！"

崔海的一对双胞胎女儿被老人带着，很乖巧地坐在座位上，穿着花童的衣服。客人们大多是认识她们的，见了便上前逗一逗。两个小女孩儿长得一模一样，手里各捧着一个洋娃娃，粉妆玉琢的。

高丽华便是这时出现的。婚礼已进行了一半，杯盘狼藉，好多客人都有些醉了，拿着酒瓶吵吵闹闹，乱得很。高丽华悄无声息地走进来，穿一条白色的束腰裙，长发披肩，高跟皮鞋踩在地上发出清脆的"叮叮"声。风姿绰约中，还带着些妖气。喧闹的宴会厅一下子安静下来。大家都朝她看。

高丽华径直走到苏圆圆那桌，停下，甜甜地叫了声："阿姐。"

庞鹰闻到一股浓郁的香气。她鼻子过敏，登时便打了个喷嚏。她朝高丽华看，瞥见她长长的睫毛在眼角处投下剪影，鼻子尖尖翘翘，笑起来有些法令纹，很妩媚的模样。一串玛瑙耳环，垂到颈间。同时，一绺长发也垂了下来，差点儿落进面前的杯子里。庞鹰连忙把酒杯拿开些。

苏圆圆一怔："是你？"

高丽华道："我有个朋友在隔壁厅结婚，刚巧看到阿姐你，过来打个招呼。"苏圆圆哦了一声，随即向佟承志介绍："老邻居，从小一起长大的——我先生。"高丽华朝佟承志一笑，叫了声"姐夫"。

崔海挽着蒋莹，本已走向下一桌了，却又绕了回来。崔海的目光飞快地在高丽华脸上瞟过——眼睛、鼻子、嘴巴、头颈，再是胸部。倏忽一下，又迅速地收回，无线电波似的。他问苏圆圆："朋友啊？"苏圆圆嗯了一声。崔海很夸张地叫起来："哎呀，圆圆的朋友，那是一定要喝一杯的。"

高丽华不待他说完，便在一个空杯里倒满酒，笑吟吟地举起杯："新郎新娘，白头到老啊！"说着，一饮而尽，"初次见面，我叫高丽华。"她朝崔海微笑。

崔海也把酒一饮而尽，报以微笑："崔海——'催命'的'催'去掉单人旁，大海的海。"高丽华咯咯笑道："干吗说'催命'，说'催促'不就好了嘛。"崔海一拍脑袋："就是就是，高小姐的语文比我好得多。哈哈！"

苏圆圆瞥见蒋莹在一旁脸色有些难看。

婚礼结束后，苏圆圆夫妇有车，顺路捎庞鹰一段。路上，佟承志问妻子："什么老邻居，我怎么不晓得？"苏圆圆道："老房子的邻居，你怎么会晓得？"佟承志道："不是说一起长大的嘛。”苏圆圆懒洋洋地道：“话是这么说，隔了这么久，早淡了。”说完又加上一句：“她妈以前在我家当保姆的。”

佟承志哦了一声。

过了一会儿，苏圆圆忽道：“崔海前面那个老婆死了还不到半年吧？”佟承志说：“嗯。”苏圆圆道：“升官发财死老婆，中年男人的三大美事，这家伙全摊上了——幸福啊。”佟承志没吭声。苏圆圆侧过身，朝他看，又道：“幸福啊，是不是？”

佟承志把身体坐得直些，干咳两声。与此同时，朝反光镜里的庞鹰看了一眼，有些尴尬。庞鹰察觉了，闭上眼睛，做出很困的样子。

几周后，高丽华调到分行，和苏圆圆、庞鹰一个科室。

高丽华坐靠门的座位。苏圆圆告诉庞鹰，高丽华的这个座位，便是当年蒋莹的。都说靠门的座位最危险，私下里做些小动作，领导进来一下子便发觉了。其实并非如此。看似危险的位置反倒安全，是视觉盲点。那时蒋莹的手机壁纸便是她和崔海的照片，两人勾着脖子，亲嘴。她做得这么张扬，却从没人注意过。最后还是崔海前妻得了胃癌，她大剌剌地在崔海办公室走进走出，做广告似的，大家才晓得了。半年前，崔海前妻病逝，地下情终于修成正果，蒋莹升格为新任崔太太。

“看着吧，”苏圆圆道，“高丽华总有一天也要走蒋莹的老路，你看着吧。”

苏圆圆说着，朝庞鹰笑笑。

庞鹰坐在座位上，瞥见高丽华那边墙上什么东西闪啊闪的，晃眼得很。庞鹰先是一怔，半晌才看清——她正对着镜子涂睫毛膏。阳光落在镜子上，又反射到墙上，一个亮亮的白点儿，晃啊晃的。一会儿，高丽华抬起头，两排睫毛像钢针那样齐刷刷的。她拿睫毛夹去夹，小心翼翼地，轻轻举起，轻轻落下，生怕把睫毛夹坏，精细得很。接着是扑粉，拿一把大刷子，向两侧轻扫。颧骨处再点几下胭脂，用手指晕开。庞鹰不晓得化妆原来这么复杂。高丽华从镜子里看见庞鹰的脸，便笑一笑。庞鹰不及避开，有些不好意思，也笑了笑。

高丽华拿到第一个月工资，说要请苏圆圆和庞鹰吃饭。“就在对面的张生记，吃杭州菜，阿姐你说好不好？”苏圆圆道：“别破费了，我们都不讲究这些的。你把钱留着给你妈吧。你妈一把年纪了，还在帮人裁衣服，也作孽兮兮的。”高丽华道：“是我妈让我请你们的，再说又用不了几个钱。阿姐，你把姐夫也叫上。”苏圆圆道：“叫他干什么，又不是一个科的。”高丽华道：“热闹嘛。”

下了班，三人径直来到饭店。佟承志没来，苏圆圆说他晚上有应酬，抽不出空。高丽华订了个小包间，点了菜，又开了瓶红酒。苏圆圆道：“点什么酒呀，就我们三个女人。”

高丽华道："女人喝点儿红酒对皮肤好。"苏圆圆看她一眼，笑笑："怪不得你皮肤这么好。"高丽华道："我这是天生的，不喝酒也好。阿姐你还记不记得，以前邻居都夸我是小外国人，因为皮肤白，头发又黄。"苏圆圆道："是吗，我记不清了。不过你小时候头发倒是真的很黄。"高丽华笑道："所以呀，所以他们才说我是小外国人。"苏圆圆道："你不要以为头发黄好，外国人头发黄是天生的，中国人头发黄就是营养不良。人家说你小外国人，你就高兴成这个样子，你怎么不想想，非洲人也是外国人，中东人也是外国人，是吧？"

苏圆圆飞快地说完，耸耸肩，做出开玩笑的样子。一会儿，酒菜陆续送上。高丽华举起酒杯，说："谢谢两位赏光，尤其要谢谢阿姐，没有阿姐为我搭线，我也进不了行里。"苏圆圆道："我只是把你的表格送上去，也没帮什么忙。"高丽华道："那也要谢，要不是阿姐面子大，我就是削尖了脑袋也挤不进来。"

三人碰了杯。高丽华从包里取出烟，问庞鹰："抽吗？"庞鹰摇头。高丽华便自己点上火，吐了个烟圈儿。用食指和中指夹着烟，纤纤长长的。

她问庞鹰："是不是上海人？"庞鹰微微一怔，反问："怎么，我不像？"高丽华一笑："不是，只不过你看着挺老实，现在的上海女孩儿都滑头得很，不像你这么乖。"苏圆圆道："小庞的父母都是知青，在安徽工作。"高丽华哦了一声，笑笑："啊，怪不得。"庞鹰被她这声"怪不得"弄得有些不是滋味，便不说话，夹了块螃蟹，低下头剥。

坐了一会儿，庞鹰站起来说要走。"七点半还要上课。"她道。

高丽华有些惊讶："上课？什么课？"

"高级口译。"庞鹰脆生生地回答。

半小时后，庞鹰匆匆赶到学校，走进去，已经开始上课了。庞鹰朝老师微微欠身，坐到座位上，拿出书和笔记本。

她本不想读补习班的，未必有效果，还要花钱，可没办法，每晚这个时候婶婶都要叫人过来搓麻将，把个十来平方米的亭子间弄得乌烟瘴气。还有表弟，明年考大学，写字台自然是要留给他的。庞鹰只能躺在床上看书——与其这样，倒不如出来上补习班，还清净些。

庞鹰在眼镜上呵了口气，拿镜布擦拭。这副黑框眼镜戴了六七年了，镜片都磨损了，式样也陈旧。黄昊常笑话她戴眼镜像个大妈，看着像老了十几岁，却从不曾想过给她买副新的。有时庞鹰忍不住想提醒他，再一想，还是算了。庞鹰不大在乎这些，况且黄昊也没什么积蓄，每月还要给福建的老母亲寄钱，也不容易。大学时，是黄昊先追的她。庞鹰不像别的女孩儿，要让男人反反复复求而不得。她没这个心思。她的心思在别的地方。读书时，她年年拿甲等奖学金。周末，别的女孩儿谈恋爱，她在图书馆温书，一坐就是一天，老僧入定般。黄昊也只有在旁边陪她。朋友们说她这样是辜负了好时光。她嘴上笑笑，心里却不以为然——她的好时光是在将来呢。

下课出来，黄昊等在校门口，远远地朝她招手："哎，秀才！"

庞鹰走上去，问："你怎么来了？"黄昊道："接你呗。"庞鹰道："也不打个招呼，走岔了怎么办？"黄昊道："大不了等到天亮，直接上班去。"

庞鹰笑笑。黄昊把手里一个纸袋给她："喏。"庞鹰打开一看，是条连衣裙。"给我的？"她问。黄昊嘿了一声："不是给你，难道是给我的？"

庞鹰瞥过裙子上的吊牌，三百九十八元。"发奖金了？"她问。

黄昊道："不发奖金，就不能给你买衣服？"庞鹰道："太阳从西边出来了——"话一出口，才觉得不妥，连忙跟着说了声"谢谢"。黄昊问她："肚子饿不饿？我们去吃夜宵。"庞鹰点了点头。

两人来到路边一家茶餐厅，走进去，点了虾饺和糯米鸡。黄昊把糯米鸡外面那层荷叶撕开，放进庞鹰面前的小碟。庞鹰觉得他今天格外殷勤，便道："我自己来。"黄昊晓得她不爱吃蛋黄，把糯米鸡里的蛋黄夹掉："瞧你，脸又小了一圈儿，是不是又不吃早饭了？"庞鹰道："有时起晚了，来不及。”黄昊道：“你这样不行，本来就长得瘦，现在就更像个小老鼠了。女人不能太瘦，瘦了显得可怜巴巴，不精神。”庞鹰道：“现在流行骨感美，越瘦越美。”黄昊道：“算了吧，什么骨感美，我妈上次看了你的照片，说这个女孩儿怎么这么瘦啊，可别——”他说到这里，戛然而止，拿杯子喝了口水。

庞鹰知道他后半句是什么，也不说破，挑糯米鸡里的鸡块吃。

过了一会儿，黄昊忽道：“哎，你那个姓苏的同事，有空请她吃顿饭怎么样，还有她老公。”庞鹰一怔：“干吗？”黄昊道：“她老公以前不是专管员工福利那块嘛，跟他吃顿饭聊聊，看能不能把我们公司的冰柜推销给他。你们分行那么多人，一人发一台，我们公司就能舒服好几年了。”庞鹰又是一怔，一口糯米鸡卡在喉咙里，差点儿噎住。黄昊没察觉，径直说下去：“我跟我们领导打了包票的，年前至少销出去两百台。我说，我女朋友的同事是银行行长的女儿，这件事有得搞。我们领导答应给我百分之五的提成。不管怎样，跟这种高干子弟搞好关系总没坏处的，是吧？”

庞鹰不说话，目光瞥过旁边那个装衣服的纸袋，有些没劲。她朝黄昊看，黄昊对她笑，笑容里带着讨好的意味，又给她夹了块虾饺。半晌，庞鹰终是没忍住，霍地站了起来，道：“我先走了，这顿饭我来买单。”

苏圆圆回到家，佟承志躺在床上看报纸。苏圆圆坐下来卸妆。佟承志道："回来得挺早啊。"苏圆圆道："吃完就散了，三个女人又没什么好聊的。"佟承志笑笑："听这话的意思，要是多个男人就有得聊了，是吧？"苏圆圆道："那是当然。那小女人到底还是不懂事，应该请你一起去的。你是我老公，又帮了她，礼貌上也该叫一声的。"

佟承志道："帮忙的是你，她叫不叫我也无所谓。"苏圆圆嘿了一声："要不是她妈跑去我妈那儿哀求，我也犯不上帮这个忙，白白欠了郭副总一个人情。"佟承志道："人家不是请你吃饭了嘛。"苏圆圆道："你以为我想吃这个饭？讲句老实话，介绍她进来，我是担风险的。她那个人啊，做事要让人捏把汗的。小学时候跟男同学打架，硬把人家裤子给扒下来。初中时跟男老师到外面过夜，差一点儿被学校开除，也搞不懂她是怎么上的大学，真是天晓得了。"

苏圆圆把耳环摘下来，放进首饰盒，朝丈夫看了一眼，故作随意地问："你说，她是不是挺漂亮？"佟承志道："还行吧，不难看。"苏圆圆道："男人都喜欢她这种类型的，对吧？"佟承志道："谁说的？"苏圆圆道："明摆着的嘛，你没看见崔海那天的死相样子，口水都快流到地上了。"佟承志道："崔海那个人你又不是不晓得，他代表不了大多数男人。"苏圆圆一笑："那你说，你喜欢哪种类型的？"佟承志道："当然是你这种类型。"苏圆圆问："我是哪种类型？”佟承志回答：“温柔贤淑，秀外慧中。”苏圆圆在他头上轻轻一拍，笑骂：“少拍马屁。”

苏圆圆洗完澡出来，佟承志已睡了。苏圆圆推他：“睡着了吗？”佟承志迷迷糊糊应了声。苏圆圆道：“我爸让我们这周六过去吃饭。”佟承志嗯了一声。苏圆圆道：“我爸说，最近你都不怎么过去——翅膀硬了。”

佟承志眼睛倏地睁开，问：“真的？”苏圆圆笑起来：“骗你的。我爸说，你是乖小囡，让我对你好一点儿。”佟承志舒了口气，笑道：“老丈人到底是多年的党员干部，通情达理，也看得透彻。”苏圆圆一笑，拿手指拨弄他的头发，忽道：“我说，我们科室的庞鹰，喏，就是婚礼上和我们坐一起的那个女孩儿，倒是个人才呢。”佟承志道：“戴眼镜那个？”苏圆圆道：“嗯。性格有点儿内向，不过人很聪明。大学里就把注册会计师和审计师考出来了。你呀，别像崔海那样，光盯着漂亮女人，身边要放几个做实事的人，将来用得着的。”佟承志翻了个身，道：“我心里有数。”苏圆圆又道：“明年换届，好几个副总都该退了。提谁不提谁，下面几千几万双眼睛盯着呢。”

佟承志嗯了一声。

苏圆圆伸出手臂，从他的后颈绕过去到他胸前，又朝他耳际吹了口气。佟承志没动。苏圆圆在他胸前拨拉着，一下、两下，弹钢琴似的。佟承志打个呵欠，道：“好困。”苏圆圆兀自不死心，手伸到他胳肢窝，呵他的痒。佟承志呵欠一个接一个，困极了的模样。苏圆圆终于没劲了，躺平了，抱怨道："是犯了毒瘾还是怎的？"佟承志不说话，一会儿，便打起小鼾了。

二

星期天下午，庞鹰正在教表弟功课，黄昊给她发了条短信："我在你家楼下。"庞鹰放下手机，对表弟说有点儿事出去一趟，让他自己看书。婶婶在厨房择菜，听了便问："晚饭回来吃吗？"庞鹰说："回来的。"

庞鹰下了楼，见黄昊倚在一棵树下抽烟。庞鹰走上前，他便把烟掐了。

两人对视了一眼。黄昊道："来了。"庞鹰问他："有事？"黄昊道："没事，就是想你了。"庞鹰道："我在教表弟功课呢，他下礼拜模拟考，要紧关头。"黄昊道："哦，你倒是关心表弟，就不管男朋友死活了。"他说着笑笑。庞鹰心里叹了口气，没吭声。

过了一会儿，黄昊道："说出来也实在是丢脸，还要女朋友替我搭桥。可你也不是不晓得我，那种小公司，每个月拿一两千块死工资，够什么用的？光房租就要八百多呢。"

庞鹰沉默了一下，道："我晓得。"黄昊道："我要是能大把大把地赚钱，也不会做那种无聊事。谁不想有骨气？我也是没办法。再说我妈身体也不好，又没劳保，每个月光吃中药就要好几百块……"

黄昊一边说，一边把脚下的石头踱来踱去。

庞鹰道："我晓得了。"黄昊朝她看。庞鹰道："明天上班，我替你约约看。"黄昊喜出望外，道："真的？"庞鹰道："不过我跟她也不是很熟的，你别抱太大希望。"黄昊忙道："没关系。谢谢你了。"

庞鹰回到家。婶婶道："这么快？"庞鹰嗯了一声，瞥见表弟忙不迭地把 PSP（多功能掌上游戏机）收好。婶婶见了，骂道："你就玩吧玩吧，打游戏你保管能拿第一！"表弟兀自嘴硬："劳逸结合嘛。"婶婶道："等明年考上大学，你就是玩得眼睛瞎掉，我也不来管你。"表弟说："考上大学又怎么样？现在大学毕业也赚不了几个钱。姐姐和黄昊都是大学生，一个月能拿多少钱？我宁可自己去做生意，当老板！"婶婶嚷道："你能做什么生意，卖茶叶蛋啊？"

庞鹰进卫生间洗澡。隔着一扇门，听见婶婶轻声对表弟道："我跟你讲，你跟姐姐他们不一样的，他们没房子，这就很伤脑筋，可你不一样，这套房子将来总归是你的。"表弟哎哟一声，打断道："鸽子笼一个。"婶婶道："鸽子笼好歹也是房子。你姐姐他们将来结婚，肯定要买房子的，就算一室一厅，最起码也要好几十万吧，你有房子打底，工资少点儿就少点儿，问题还不大。可他们就比较麻烦……”

庞鹰洗完澡出来，换了件衣服，对婶婶道：“我出去了。”婶婶道：“怎么又要出去了？”庞鹰道：“上课。”婶婶道：“现在才几点啊，你不吃饭了？”庞鹰嗯了一声，砰地关上门。走了。

已经是初秋了，下午却依然很闷热。衣服黏在身上，潮潮的很不舒服。庞鹰从家里出来，想着时间还早，索性便走路过去。到了学校门口，觉得饿了，去附近小饭店吃东西。走进去，人已满了，只有拼桌。服务员领她到一张桌子，已坐了一个人。庞鹰坐下来，瞥过这人的脸，不禁一愣——是佟承志。

佟承志看见她，也是一愣：“这么巧？”庞鹰道：“是啊，我在对面学校上课，顺便过来吃个饭。”佟承志道：“对面吗？真是巧了，我也在对面上课。”

“上什么课？”庞鹰问他。

“中级口译。”佟承志道。

庞鹰哦了一声。佟承志问：“你呢？”庞鹰道：“我也是英语。”

吃完饭，两人走进学校。佟承志的教室在二楼。庞鹰的在三楼。两人各自进了教室。上课时，庞鹰想着婶婶的话，整堂课都有些无精打采，连手机也忘了关。课到一半，手机嘀嘀地响了。很突兀的。她一看，是黄昊的短信：“谢谢你，你是好人。”

庞鹰叹口气，把手机关了。

下课后，庞鹰走出来，见校门口停着一辆白色的奥迪A4。她认得这是佟承志的车。怕遇见他还要打招呼，正要走开，忽见一个交警慢慢踱过来，朝这车看了几眼，低头便要开罚单。庞鹰不及思考，便道：“师傅，人在的呀，在的呀。”急急地上前。交警看她，道：“开走。”庞鹰哦了一声，道：“晓得了，司机在上厕所，马上出来。”交警道：“你不要淘糨糊。”庞鹰道：“我没有淘糨糊，司机真的马上出来了。我是跟来的，这个，不、不会开车。”她说着，都有些结巴了。

交警不理，开了张罚单，放在雨刮器上。又朝她瞪了一眼，随即走了。

庞鹰愣了愣，想这算什么名堂。呆站了一会儿，悻悻地离开了。

苏圆圆答应和黄昊吃顿饭。庞鹰打电话给黄昊，黄昊十分兴奋，很快订好了饭店。吃饭那天，庞鹰说不想去，黄昊说，你要是不去，我一个人去算怎么回事，我又不认识他们。庞鹰无奈，只得跟着去了。

苏圆圆和佟承志应邀赴席。黄昊问佟承志喝什么酒。

佟承志道："不用了，我们开车来的。"黄昊便点菜。苏圆圆对他道："小黄，随便点些菜就可以了，大家聊天为主。"黄昊一边答应，一边点了鱼翅和东星斑，又叫了最贵的木瓜汁。

说了些客套话，黄昊很快便步入正题，问国庆节行里给员工发什么福利。佟承志说，最近行里主要是发卡，什么联华卡、乐购卡、斯玛特卡啊，比较方便。黄昊听了，立刻道："这个容易，我们公司也可以做卡，凭卡领冰柜，一样很方便。"佟承志笑笑。黄昊又加上一句："价钱也有得商量。"

庞鹰脸上烫得厉害，都不敢看人了，低头喝饮料。

佟承志说："我现在调到信贷处，已经不管这块了，倒是有些旧同事，托托他们是可以，但也不敢打包票的。"黄昊连连点头："那是那是。"

一会儿，黄昊端起酒杯，偷偷踢了踢庞鹰。庞鹰便也端起酒杯，站起来。黄昊脸上堆笑，道："佟哥，苏姐，我敬你们，以后就靠你们多关照了。还有庞鹰，初来乍到的，什么也不懂，你们多提携。"

结束时，黄昊变戏法似的拿出两瓶红酒，道："我一个朋友从国外带回来的，说是1990年的波尔多红酒，我又不会喝，白白糟蹋了好东西，佟哥就算帮个忙。"佟承志连忙推辞。黄昊硬把酒塞在他怀里。佟承志朝苏圆圆看，苏圆圆又朝庞鹰看。庞鹰张口结舌地道："苏姐，一点儿心意，你就收下吧。"苏圆圆笑道："心领了，我先生平常也不大喝酒的。"庞鹰站在那里有些窘，脸也红了。苏圆圆朝她看，改口道："那就收一瓶吧，谢谢你们了。"

苏圆圆夫妇离开后，黄昊问庞鹰："气氛好像还行，是吧？"庞鹰嗯了一声，问他："酒多少钱？"黄昊道："两瓶一千八百块不到。"庞鹰没吭声。黄昊道："舍不得孩子套不到狼，要是做成了，就是十瓶酒也值。"

黄昊送庞鹰回家。路上，黄昊道："下个礼拜去苏州水上乐园玩，怎么样？"庞鹰摇头道："不去了，又不会游泳。"黄昊道："不会游泳没关系，水里泡泡嘛。"庞鹰还是摇头："不去了，小时候被水呛过，有阴影。"黄昊一怔："真的？"庞鹰道："四五岁的时候，不小心掉到河里去了，幸好一个解放军路过，把我救起来，要不然，现在就没我了。"她说着，笑了笑。

午休时间，蒋莹找苏圆圆一块儿喝咖啡，约好在分行隔壁的真锅。苏圆圆进去时，蒋莹已先到了。蒋莹替她点好了咖啡。苏圆圆坐下来，见她的眼圈儿红红的，连忙问她："怎么了？"

蒋莹道："还能怎么？你不晓得吗？"苏圆圆一怔，问："跟双胞胎处得不好？"蒋莹嘿了一声："那么一点点大的孩子，有什么处得好处不好的。”苏圆圆又问：“跟崔海吵架了？”蒋莹朝她看一眼，道：“我就不信你一点儿也不晓得，装糊涂是不是？”苏圆圆睁大眼睛：“我装什么糊涂？”

蒋莹端起咖啡，喝了一口，道：“那个狐狸精，不是苏姐你的人吗？”

苏圆圆愣了愣：“谁？高丽华？”

蒋莹哼了一声：“不是她还有谁？分行里都传得沸沸扬扬的，别跟我说你不晓得。”苏圆圆干咳一声，道：“嗯，听是听说过一点儿，行里爱搬弄是非的人多了，你别放在心上。你们好歹是新婚，他再怎么样也不至于。”蒋莹道：“新婚又怎么样，他那个人，我不说你也晓得，不是什么好东西。”

苏圆圆朝她看，笑笑，低头喝了口咖啡。

蒋莹瞥见她的目光，道：“我晓得你心里在想什么，你肯定在想——你当年也抢人家的老公，现在报应来了。是不是？”苏圆圆忙道：“我没这么想。”蒋莹道：“我和她不一样的。崔海前面那个老婆是农村人，人长得丑，又没文化。崔海跟她没感情的。”苏圆圆没说话。蒋莹又道：“再说了，退一万步讲，就算我抢了人家的老公，总也不希望别人来抢我的老公啊，苏姐你说是不是？”苏圆圆笑笑：“我明白的，你别急，怀孕的人不能动气。”

蒋莹从包里拿出烟，要点上。苏圆圆连忙阻止：“你疯啦，不想要这个孩子啦？”蒋莹恨恨地道：“不要了。”苏圆圆道："你这人怎么这么任性。过日子谁没个磕磕绊绊，看开点儿就没事了。崔海又不是傻子，总不见得为了那个小女人，就和你分开。你们才结婚多久啊？"蒋莹道："人家不是长得漂亮嘛。"苏圆圆嘿了一声："漂亮？漂亮的人多了。难道你就不漂亮？再说了，看到漂亮的就把老婆甩了，你把你家崔海当什么了，花痴啊？"蒋莹咬着嘴唇笑道："我看他就是花痴。"

苏圆圆劝她："你呀，别整天胡思乱想，身体最要紧。以后要是心里不痛快，就来找我聊天。我肯定站在你这边。"蒋莹噘嘴道："算了吧，她可是苏姐你的嫡系。"苏圆圆哎哟一声："什么嫡系，她不过是我一个老邻居，不搭界的。我们是什么关系，十来年的老同事！好姐妹！死党！她怎么比得上，毛都不搭一根！"

苏圆圆回到办公室，见高丽华在给庞鹰化妆。高丽华一套化妆品齐全得很，瓶瓶罐罐，摊开来像个小杂货铺。庞鹰起初不肯，被她死死拉住。高丽华说："你的皮肤其实不错，脸形也好，就是清汤寡水的，你给我半小时，我保管把你打扮成天仙。"高丽华嘻嘻哈哈地，往庞鹰脸上涂各种各样的东西。

苏圆圆坐下来。高丽华给庞鹰涂上睫毛膏，又涂了眼影，拿睫毛夹夹了。一会儿，大功告成，拿面镜子给她，问："怎么样？"庞鹰看了，皱眉道："太浓了。"高丽华道："你觉得浓是因为你从来不化妆，其实一点儿也不浓，刚刚好，不信你问阿姐。”苏圆圆看了一眼，道：“不错，蛮好。”

庞鹰嘿了一声，戴上眼镜。高丽华叹道：“本来蛮漂亮的，眼镜一戴，一点儿味道也没有了。”庞鹰道：“不戴眼镜就成瞎子了。”高丽华道：“配副隐形眼镜不是蛮好？现在谁还戴这么老气的眼镜。”

高丽华说着，问苏圆圆：“阿姐，喝咖啡了？”苏圆圆嗯了一声：“就在隔壁，和蒋莹一起喝的。”高丽华道：“哦，那个新娘子。”

苏圆圆道：“跟老公吵架了，找我出来喝咖啡散心，怀孕了还喝咖啡，也不怕生个非洲人出来。”高丽华道：“听说女人怀孕脾气都会变的。”苏圆圆嘿了一声：“她本来就有点儿作，女人啊，只要稍有点儿姿色都有这毛病，喜欢生事。”说着，朝高丽华笑笑。

下班后，庞鹰和高丽华走到分行门口。一辆本田雅阁从后面开过来，揿了揿喇叭。车窗摇下，崔海探出头来。高丽华嗲嗲地道：“崔处，我去淮海路买衣服，能不能载我一段啊？”崔海爽快地道：“上来吧！”高丽华对庞鹰说声“再会”，一扭腚，上了车。

庞鹰到学校时，天已全黑了。匆匆买了个面包，奔进去，上楼时绊了一下，踉踉跄跄的，头一抬，竟刚好与教室里的佟承志目光相接。庞鹰一个趔趄还没站稳，很是狼狈。脸一红，急急地上楼了。

下课出来，走到校门口，见佟承志倚在车旁，朝她招手。庞鹰走过去，道：“佟处，还没走啊？”佟承志道：“上车，我送你。”

庞鹰一怔，忙道：“不用，我坐地铁很方便的。”佟承志微笑道：“我送你也很方便，上车吧。”庞鹰还想推辞，佟承志已开了车门。她只好上车。

佟承志问她怎么走。她说了。佟承志道：“原来是真的很方便，高架下来就到了。”庞鹰道：“谢谢您。”话一出口，便觉得别扭，怎么说“您”了。佟承志也察觉了，朝她笑笑。

佟承志道：“谢什么，该我谢谢你才对。”庞鹰以为他说的是黄昊请客的事，谁知他说下去：“那天怕我被罚款，对交警吹牛了，是吧？”

他朝她看，笑吟吟地。庞鹰这才想起来：“哦，那天啊——”

佟承志笑道：“看不出，你也会吹牛。”庞鹰忙道：“当时情况紧急，来不及多想——”佟承志道：“怕我被罚钱？”庞鹰道：“就是啊，又不是十块二十块，一罚就是两百，唉，可惜最后还是罚了——咦，你怎么会晓得的？”

“门卫告诉我的。他说，有个小姑娘很着急的样子。我一猜就是你。”

佟承志朝她看，笑道："谢谢你啊。"庞鹰不好意思了，道："别客气，我也没帮上什么忙。"车窗开着，灰尘进了眼睛，她摘下眼镜擦拭。一瞥，见他盯着自己的脸，怔了怔，问："我脸上有什么东西吗？"佟承志也是一怔，忙把目光移开，笑道："没有，你今天好像——有点儿不同。"庞鹰正要再问，车已停下了。到家了。

庞鹰回到家，去卫生间洗脸。摘下眼镜，看到镜子里的自己——白天的妆容还在，五官很精致，换了个人似的。她一愣。忽地，想起刚才佟承志的目光，原来是因为这个。

庞鹰不由得脸红了红。又朝镜子里看，随即骂了声"傻瓜"，拿起洗面奶便往脸上抹去。

苏圆圆请了一天假，去看中医。挂专家门诊，排了长长的队，足足等了两个小时才到。

看病却只是一会儿，照例是配一大堆药。医生叮嘱她，不能喝牛奶，不能吃虾、杧果，还有清蒸鱼，药性相克的。苏圆圆本来要问他，吃了这么久的药了，什么时候能见效。想想还是算了，问了也是白问。

回到家，包一放，便去煎药。苏圆圆站在灶台边，身体直直地，拨弄着锅里的药。一会儿，水开了，药渣噗噗地朝上涌。她把火关小了。房间弥漫着浓重的中药味。她倚着墙，看微弱的火苗，在那里闪啊闪的。

电话响了，苏圆圆走过去接，是她妈妈，问她去医院配药了没有。她说："刚回来。"她妈妈又问："医生怎么说？"她说："没问，问了也就是那两句，不能急，急了就更不行，要有耐性——都快背出来了。嘿！"

电话那头安慰了她几句，挂了。

一会儿，钟点工来了，问她晚上烧什么菜。她想了想，说："雪菜蒸黄鱼吧，先生喜欢。"钟点工答应了，出去买菜了。

到了晚上，佟承志回家了。一块儿回来的竟还有高丽华，两人有说有笑。高丽华道："阿姐，单位发了两箱水果，我给你送来了。"苏圆圆道："交给承志不就行了嘛，何必专门跑一趟？"高丽华道："我刚好来这附近办点儿事，搭姐夫的车，顺便看看你。"苏圆圆哦了一声，道："那就吃了饭再走吧。"

"不用了，我都跟人约好了，你们慢吃。"高丽华说着，对着卫生间里的佟承志甜甜地道声"姐夫再会哦"，离开了。

苏圆圆摆好碗筷，招呼佟承志吃饭。佟承志走过来，见到桌上的蒸黄鱼，道："你不是不能吃清蒸鱼嘛。"苏圆圆道："我不能吃没关系，只要你喜欢就好。"佟承志道："没必要的，我也不是特别喜欢。下次还是红烧吧。"

苏圆圆瞥一眼地上的两箱水果，缓缓地道："还让她专门跑一趟，怪不好意思的。"佟承志嘿了一声："有什么不好意思的，又不用她搬。她是趁机搭我的顺风车。”苏圆圆看他一眼，笑笑：“让她搭顺风车，你好像蛮开心。”佟承志道：“她要搭，我总不见得不答应咯。”苏圆圆嗯了一声，道：“是啊，没错。”佟承志朝她看。

她笑笑，道：“快吃吧，吃了去洗个澡。今天闷热得很。”

佟承志洗完澡出来，苏圆圆躺在床上看画报。佟承志上了床，打了个呵欠。苏圆圆放下画报，朝他看。佟承志连着打了几个呵欠。

“今天行里忙得要命。”他道。

苏圆圆朝他看了一会儿，道：“困了是吧？睡吧。”说着，躺下来，头朝向另一边。佟承志怔了怔，也躺了下来。关掉灯。过了一会儿，听到她的呼吸声，问：“睡不着？”

苏圆圆没回答。佟承志正要把头别过去，忽地想起什么，道：“哦，今天是你——”

苏圆圆身体动了一下。佟承志怔了怔，一只手抄过去，搂住她的肩膀。苏圆圆轻轻挣了挣。他摸到她的文胸扣子，解开。另一只手，渐渐滑下去。

苏圆圆道：“你不是困了吗？不用勉强。”

黑暗中，佟承志似是笑了笑。手里不停，窸窸窣窣的。

“讨厌——”苏圆圆轻声骂了句。

三

国庆节前，行里给每个员工发了张 ×× 公司的领物券，凭券可到指定地点领取豪华冰柜一台。

中午吃饭时，庞鹰拿着餐盘过来，邻桌几人在小声议论什么，见她来了，便闭嘴不说。庞鹰和高丽华坐一桌吃饭。一会儿，崔海也来了，在邻桌坐下。高丽华见了，道："哟，领导也来这里吃饭呀，与民同乐嘛。"崔海笑道："楼下美女多，不像楼上小餐厅，都是糟老头儿，没劲。"高丽华嘿了一声，拿起餐盘，大剌剌地走到他那桌，坐下。

庞鹰听见两人的笑声，毫不顾忌，忍不住朝他们看去。崔海不知说了句什么，高丽华笑得手似都拿不住筷子了，在他肩上轻轻一扶。崔海趁势便抓住她的手。庞鹰不好意思看下去了，转过头。

这时，蒋莹变戏法似的出现了，面无表情地径直走了过来。

周围的声音顿时轻了下去。崔海和高丽华却兀自没察觉，一个笑得前仰后合，一个说得眉飞色舞。

蒋莹走到两人边上，停下。崔海看见她，一惊，道："你怎么来了？"蒋莹道："来看你呀。"她朝高丽华瞥去。高丽华端起餐盘，道："我吃完了，你们慢聊。"说着便要走。蒋莹脚往旁边一钩，高丽华没提防，被她一绊，整个人向前倒去。咣当！餐盘倒翻在地上，人也随之跌倒，摔个结结实实。

周围一阵哗然。

蒋莹一动不动地站着。崔海扶起高丽华，问她："没事吧？"高丽华摇头，道："没事。"蒋莹嘴一撇，道："不好意思哦，我不是故意的。"

崔海朝妻子看，道："走吧，去我办公室。"也不待她回答，拉着她便往外走。蒋莹经过高丽华身边，冷冷地扫了她一眼。

高丽华拿起餐盘，一瘸一拐地放到回收处。庞鹰跟上去，道："你膝盖受伤了。"高丽华道："没事，回去贴张创可贴就行了。"庞鹰道："去医务室看看吧。"高丽华笑笑，道："哪有那么严重。"

高丽华走出餐厅，到电梯口。崔海和蒋莹也等在那里。高丽华缓缓地走上前。崔海瞥过她膝盖上的乌青，惊道："你受伤了。"高丽华道："小事。"

蒋莹朝她看，高丽华也朝她看，两个女人目光相接。蒋莹脸上的妊娠斑淡淡的，一块一块，像白衣服穿久了，泛黄了。体形因为怀孕而变得臃肿，虎背熊腰，全然不复往日的窈窕。整个人像是吹足了气。她瞥见高丽华的目光，在自己脸上身上一圈圈地打转，挑衅似的。很快地，高丽华把视线移向前方。她站得笔直，挺胸收腹，更显得身材曼妙无比。她拨弄着头发，手指雪白。

蒋莹有些泄气。她觉得，现在的自己，活脱脱便是崔海的前妻。

不知怎的，她肚子剧烈地痛起来，像有什么东西在里面绞。突如其来地。

“啊——”蒋莹捂住肚子，尖叫起来。

苏圆圆要去医院看蒋莹，高丽华听了，也说要一起去。苏圆圆道：“你就算了，别添乱了。”高丽华道：“阿姐，天地良心，我可没惹她，是她自己流产的。在场的人都可以做证的。”苏圆圆嘿了一声，道：“我晓得，你是好人。”高丽华道：“我算是好说话了，她绊了我一跤，我都没跟她计较。”苏圆圆道：“是呀，所以才说你是好人嘛。”

苏圆圆说完，径直走了。高丽华悻悻地坐下来，问一旁的庞鹰：“你也看见的是吧？我是无辜的。”庞鹰嗯了一声。高丽华又道：“这女人早不流产，晚不流产，偏偏在我面前流产，存心让我难堪。嘿，跟她老公多说几句话，就要吃醋。她在她老公身上拴根绳子该多好。”

庞鹰忍不住道：“换了你，你不吃醋？”高丽华道：“我老公不会像崔海那样的。我是谁啊，有了我，别的女人看都不要看了，一个个都像白板一样，木笃笃的，没啥看头。”庞鹰觉得这人倒也有趣，忍不住笑了笑。

苏圆圆赶到医院，蒋莹正在午睡，崔海在一旁陪着。苏圆圆坐下，把带来的补品放在一边，对他道："这跟坐月子差不多，要好好调养。"崔海哦了一声。苏圆圆朝他看。崔海道："别这么看我，吓咝咝的，搞得我像个罪人一样。"苏圆圆道："你这是风流罪过。"崔海叫起来："什么风流罪过？我可是清清白白的，你要相信我。"苏圆圆道："我相信你有什么用，要蒋莹相信才行。"崔海叹了口气，道："她啊，倔脾气，说什么也不听，怀孕了还七想八想。好了，现在孩子没了，太平了。"

蒋莹醒了。崔海要给她削苹果，她板着脸说不要。苏圆圆让他先走："你回去上班吧，这儿有我呢。让我们姐妹俩聊聊。"

崔海走了。苏圆圆扶起蒋莹，拿了个枕头，给她垫在腰下。蒋莹哭丧着脸，道："苏姐，孩子没了。"苏圆圆道："没了就没了，你还年轻，还有机会。"蒋莹恨恨地道："他是无所谓的，反正他已经有两个小孩儿了，这个有没有都无所谓。"苏圆圆道："他越是无所谓，你越是要好好地生个小孩儿，否则将来三比一，吃亏的总归是你。怪你自己，自己不晓得珍惜自己。"

蒋莹带着哭腔道："苏姐，那现在怎么办？"

苏圆圆沉吟着，道："想办法快点儿再怀上一个，崔海这个人啊，不是我在你面前说他，确实也有点儿那个。你要是不快点儿生个孩子，巩固一下地位，形势对你真的不大有利。该闹的时候也要闹一闹，但是要注意分寸，别把自己搭进去了，就像这次，多不划算呀，是吧？”

苏圆圆拿过一个苹果，朝她看了一眼，说下去：“反正还是那句话，苏姐肯定站在你这边，有什么事情就跟苏姐说，苏姐帮你出主意。嗯？”

苏圆圆说完，在她肩上轻轻拍了拍，很贴心地把苹果递给她。

佟承志把一台新的冰柜搬到老丈人家。家里发了两台，老丈人家恰恰又没有冰柜，两全其美。佟承志进去时，崔海也在，灰头土脸的模样，似是刚被训过。苏父在泡工夫茶，见佟承志来了，道：“承志来得正好，坐下来喝茶。”

苏父喜欢喝茶，餐边柜里都是今年的新茶，上品。一套茶具也是上品。茶壶是宜兴紫砂的鼓形壶，茶杯是潮州枫溪的白果杯，茶洗、茶盘、茶垫、水钵、龙缸、红泥小炉、砂跳……一应俱全。苏父先烧开水，把茶壶烫了，茶叶放进茶壶，再烧水，沿着茶壶的边沿倒进去，高冲低洒，再接着是刮沫、淋罐、烫杯，茶杯一字排开，转着圈儿地斟茶。

崔海拿了茶杯便要喝。苏父说：“别急，喝工夫茶可急不得，要先闻一闻，再啜一口，含在嘴里一会儿，最后才喝下去，你当是可口可乐啊？”

苏父说着，自己拿了一杯，拇指和食指按住杯沿，中指托住杯底："含汤在口中回旋品味。一旦茶汤入肚，口中啧啧回味，鼻口生香，咽喉生津，一碗喉吻润，二碗破孤闷，两腋生风，回味无穷。"他双眼微闭，端着茶杯在鼻下轻轻一闻，一副陶然的模样。

崔海笑道："老行长是雅人，我是老粗，要这么个喝法，早渴死了。"

苏父道："喝工夫茶不是为了解渴。古人登山浮水，临流漱石，林墅深幽，席地小坐，烹茗啜饮，是人生一乐。"他说着，朝崔海看，忽道："你啊，做人就是太浮了。当年你去安徽当兵的时候，我就跟你说过，做人要沉得下去，稳得住。尤其是男人，不沉稳就别想有出息。你啊，要多静下心来喝喝茶。"

崔海忙点头道："是，是。"

三人又喝了会儿茶，崔海说还有事，先走了。佟承志继续陪苏父喝茶。

苏父问他："最近工作还顺利吧？"佟承志道："挺好。"

苏父将茶壶里的茶倒进杯中，道："其实，不光是崔海，你们年轻人啊，有空都应该多喝茶，喝茶能让人静心。现在这个社会，有些事情，不静下心来就做不好。"佟承志嗯了一声。

苏父瞥了一眼角落里的冰柜，道："小夫妻俩最近还好吧？"

佟承志忙道："挺好。"

苏父道："我这个女儿啊，缺点优点我都晓得，缺点就不说了，优点扳手指头也数得过来，但至少有一点——对老公是没话说的，你自己也该晓得，她为了你，算是尽心尽力了，对吧？"佟承志点头。

停了停，苏父道："孩子的事情，别急。总归会有的。你们还年轻，啊？"佟承志依然是点头。

苏父道："做父母的，都希望子女好。女婿好了，女儿才能好。你是个怎么样的人，我和圆圆妈妈都清楚，所以才放心把女儿交给你。你们开开心心地过日子，我和圆圆妈妈也开心。听说你在读中级口译，很好嘛，现在英语很重要，做什么都离不开英语。有时间的话，再读个行政管理什么的。过几天，你跟我去见见几位长辈，都是行里的老前辈了，跟他们多聊聊，没坏处。圆圆常说你书生气太重，我倒觉得这也不是坏事，蛮好。不过有时候也得随机应变，适当地变通一下。人嘛。"

苏父说着，把手中的茶杯给他。佟承志恭恭敬敬地接过。

国庆节，黄昊到庞鹰家吃饭，带了两条烟一瓶酒，还给表弟买了双耐克球鞋。表弟试穿了，尺寸有些小。黄昊说没关系，到店里去换一双就行了。

吃饭时，婶婶问黄昊："老家要翻新房子啊？"黄昊闻言，朝庞鹰看了一眼。婶婶又问：“那要多少钱啊？”黄昊道：“差不多四五万吧，那里不比上海。”婶婶哦了一声，笑笑，说：“贵倒是不贵。”

吃完饭，庞鹰送黄昊下楼。

到了楼下，黄昊问她：“你跟你们家人说了？”庞鹰道：“嗯。”黄昊皱眉道：“你的嘴也真是够快的，我前脚跟你说，你后脚就跟他们说。”庞鹰道：“又不是见不得人的事，再说早晚也会晓得。自己人，有啥好瞒的。”

两人缓缓朝前走去。黄昊叹了口气，道：“这下你婶婶更加不喜欢我了。”庞鹰道：“不会的。”黄昊沮丧地道：“算了吧，本来六十分勉勉强强，现在肯定不及格了。”庞鹰道：“他们喜不喜欢有什么用，只要我喜欢就行了。”

黄昊停下脚步，在她脸颊亲了亲。庞鹰一抬头，瞥见楼上表弟在窗口偷看，忙不迭地让开，道：“走吧。”

庞鹰走上楼，表弟在门口贼忒兮兮地笑：“姐姐，你们老保守的，也不来个吻别什么的，真没劲！”庞鹰在他头上打了一记，道：“小鬼头！”

庞鹰走进去，婶婶在收碗筷，叔叔在沙发上看报纸。庞鹰上前，帮忙把剩菜放进冰箱。叔叔抬头问她：“国庆节不回去了？”庞鹰嗯了一声，道：“他妈妈说，跑来跑去浪费路钱，算了。”婶婶在一旁道：“他妈妈这是门槛精，让你们把路费省下来给她盖房子。他这个妈妈呀，花样也实在是多，前阵子是生病吃药，每个月成百上千地寄钱，现在又要翻新房子，一下子又是好几万。她怎么不想想，她儿子在上海连个卫生间也买不起，她倒是蛮笃定。”

庞鹰道：“不是她要翻新房子，是老房子被政府收回去了，不翻新房子就没地方住了。”婶婶道：“你怎么晓得，他说你就信了？人民政府又不是黑社会，还能让老百姓睡大马路？”叔叔咳嗽一声：“你不要多事。”婶婶道：“我不是多事，我是在讲道理给庞鹰听。小姑娘太年轻，有些事情还不太懂。你们将来总归是要结婚要买房子的，钞票呢？天上掉下来？抢银行？这个黄昊啊，我横看竖看都没觉得他哪里好。”

表弟插嘴道：“我看他蛮好。”

婶婶道：“好你个大头鬼，一双鞋子就把你收买了。你妈我养了你十几年，也没见你说我一声好。”

庞鹰洗了澡，躺在床上看书。布帘拉上，外面就是表弟的床。表弟在偷偷地打游戏，把声音调得很轻。庞鹰听见了，隔着布帘劝他：“要么就温书，要么就睡觉。小心又挨你妈妈的骂。”表弟道：“我再打十分钟，马上睡觉。”

过了一会儿，表弟忽道：“姐姐，要是把你的脑子给我一半就好了。”庞鹰一怔：“干吗？”表弟道：“其实也不用一半，三分之一也够了，我肯定就能考上大学了。”庞鹰道：“别这么说，你只要肯努力，一定行的。”

庞鹰说着，躺下来。月光从窗外透进来，落在墙上，一个白亮的点儿。庞鹰怔怔看着，觉得它似在微微颤着。明明隔得那么远的东西，这么看着，又似是触手可及。软软薄薄的，像吹出来的气泡。这么看着，不一会儿，便睡着了。

苏圆圆买了点儿燕窝，送到蒋莹家。双胞胎被保姆带出去玩了，家里只剩她一个人。苏圆圆问她："崔海呢？"她答道："出去了。"苏圆圆道："国庆节，小夫妻俩也不去近郊找个地方玩玩？"蒋莹嘿了一声："他才没心思跟我玩呢，宁可跟酒肉朋友打牌搓麻将。"

苏圆圆将燕窝浸下了，叮嘱她发好后挑去杂毛，用椰汁炖最好，别贪方便拿牛奶，牛奶跟燕窝冲的。蒋莹说："苏姐，还是你最好，最想着我。"

停了停，蒋莹问她："苏姐，你那个——怎么样了？"苏圆圆摇头，道："老样子，没花头。"蒋莹道："要不要我介绍个老中医给你？"苏圆圆道："算了吧，我现在看的这个，已经是全上海最好的了，据说八十岁的老太婆要是想生孩子，也能让她生得出来。"她说着一笑，随即低下头。

蒋莹道："其实也不用急，苏姐你还年轻，好多人四十岁都能怀上呢。"苏圆圆道："我现在也不急了，都这么多年了，早就麻木了。"蒋莹道："佟承志呢，他急不急？"苏圆圆道："他急又有什么用，他又不会生孩子。"

蒋莹道："所以说啊，佟承志这个人还是不错的，对你又温柔又体贴。"苏圆圆嘿了一声，道："他那个人啊，就算发火也是软绵绵的。"蒋莹道："这才是谦谦君子嘛，行里一批处长里头，就数他口碑最好了。"苏圆圆笑笑："温暾水一个，有什么好的？"

蒋莹道："温暾水才好呢，稳稳重重的。都说你们家佟承志最有官相，将来肯定能做大。"苏圆圆摇头道："算了吧，人家是表面温度低，里面滚烫滚烫，像保温瓶，这样才有戏。他是里外温度都差不多，真正是杯温暾水。"蒋莹道："那也比我家崔海好，他是开水一杯，里外都滚烫，手都拿不住。"苏圆圆道："做人热情也不是坏事。"蒋莹撇嘴道："就怕他是热情过了头，变成热昏了，把自己都烧焦了。"

蒋莹说着，咯咯笑起来，没心没肺地。

苏圆圆也跟着笑，拿过旁边的茶喝了一口。茶杯放下时，笑容还在脸上，只是有些走样，变得硬了，凌厉了，看着竟像是冷笑了。

四

黄昊拿了一张超市的提货单给庞鹰，让她交给苏圆圆，说是凭单可以提一对正宗阳澄湖大闸蟹，公的半斤，母的四两。庞鹰说：“不用了吧。”黄昊好笑：“又不是给你的，你客气什么？”

上班时，庞鹰怀里揣着提货单，犹犹豫豫地，好几次手已摸着提货单了，终是不好意思拿出去。加上高丽华在旁边，也找不到合适的机会。

晚上下了课，庞鹰等在校门口。旁边是佟承志的车。庞鹰想这人怎么罚不怕，万一又被交警抓住怎么办。正想着，见佟承志从里面走出来，便上前，叫了声“佟处”。

佟承志笑着问她：“是不是想搭车？”庞鹰忙道：“不是的不是的——喏，这个给你。”拿出提货单交给他。佟承志接过，问道：“是什么？”庞鹰道：“大闸蟹。我男朋友单位发的，让我拿给苏姐尝尝鲜。”佟承志道：“你们自己留着吃吧。”说着要还给她。庞鹰忙不迭地让开，一身轻松地说：“我不吃螃蟹的，会过敏。佟处长再见。”说完，快步朝前走去。佟承志愣了一下，道：“我送你回家吧？”庞鹰脚下不停，回头道：“不用不用——”一不留神，撞上旁边的垃圾箱，绊了一下，重心顿时不稳，朝旁边倒去。

佟承志上前扶住她，道：“你怎么老是跌跌撞撞的。”庞鹰一怔，随即明白他说的是上次学校楼梯口的事，脸一红。佟承志道：“撞疼了吧？”庞鹰摇头。

佟承志打开车门，道：“走吧，我送你回家。”庞鹰忙道：“不用——”佟承志道：“你都受伤了，让你一个人走有点儿说不过去。”庞鹰道：“只是撞了一下，没事的。”佟承志道：“上车吧，又不是十万八千里。”

庞鹰推辞不过，只好上了车。

车子驶上高架。佟承志道：“你男朋友太客气了。”庞鹰笑笑。佟承志道：“下次有机会我请你们吃饭，又吃又拿，怪不好意思的。”庞鹰忙道：“没关系，其实多亏佟处——”她说到这里停住了，硬生生把“帮忙”两字吃进肚里，有些窘，笑了笑。佟承志朝她看了一眼，也笑了笑。

过了一会儿，佟承志道：“又要上班，又要上课，辛苦吗？”庞鹰道：“还好。现在上课不比从前，没什么压力。”佟承志道：“圆圆常在我面前夸你，说你是个用功的姑娘，这样挺好。”他说完，觉得这话有些老气横秋了，长辈似的。庞鹰道：“那你不是更用功？已经是处长了还在读书，你也挺好的。”

佟承志忍不住朝她看了一眼，见她神情一本正经，不禁有些好笑。

送完庞鹰，佟承志回到家。苏圆圆坐在沙发上看电视。佟承志脱下外衣，把提货单给她：“喏，你们科室的庞鹰给的。”苏圆圆一怔：“咦，她怎么会给你？”佟承志道：“谁晓得？大概不好意思给你吧。”话一出口，便觉得不对。果然，苏圆圆奇道：“不好意思给我，倒好意思给你？”

佟承志道：“可能是单位里人多，不方便。说起来也好笑，她像扔手榴弹似的，往我手里一放就走了，话也不多说两句——这姑娘有点儿傻乎乎的。”

苏圆圆道：“老实孩子一个，你也不送送人家？”佟承志迟疑了一下，道：“我是要送她，她说不用了。”苏圆圆道：“大家都是同事，不碰到也就算了，既然碰到了，礼貌上也该送送的。”佟承志道：“她说不用，我又不能硬拖她上车。”苏圆圆笑着看他一眼：“要是换成高丽华，肯定就硬拖了，是吧？”佟承志皱眉道：“你这个人——”苏圆圆道：“好了好了，跟你开玩笑的。”

佟承志拿了衣服，到卫生间洗澡。泡在浴缸里，想起刚才对妻子说谎的事，自己也觉得纳闷，隐隐又有些不安。一会儿，眼前呈现出庞鹰的脸，微红着，很难为情似的，说“你也挺好的”。佟承志想着，忍不住微笑了一下。

星期天，高丽华拖庞鹰一块儿去逛街。庞鹰本不想去的，实在拗不过，只得去了。是恒隆广场，两人进去逛了一圈儿。高丽华试穿了几件衣服，见庞鹰站着不动，问她：“你不试试吗？”庞鹰摇头，道：“试了有什么用？又不会买。”

高丽华笑笑，轻声道：“谁说要买了？”庞鹰奇道：“不买你试什么？”高丽华把试穿的衣服还给售货员，走出来，道：“看看式样而已，我一个月才赚多少钱，还吃不吃饭了啊？”

高丽华说认识一个很好的裁缝，问庞鹰想不想试试，比买的实惠。庞鹰说好啊。两人便买了几块布料，叫了辆出租车，来到普陀区的一个裁缝铺。说是裁缝铺，其实不过是自家住的公房，隔出一小间，放了架缝纫机，布料堆得到处都是，头顶上还挂着几件衣服，拿塑料纸蒙着，怕落灰。裁缝是个五十来岁的女人，瘦瘦的，烫个老式的卷发，戴两个袖套。高丽华拿出布料，比画着告诉她，领口怎样，腰身怎么收，褶怎么打——其实就是刚才恒隆广场里的衣服式样。一会儿，又向庞鹰介绍："我妈。"庞鹰吃了一惊，叫了声"阿姨"。高丽华接着道："我妈手艺好得很，自己人，还可以打折的。"庞鹰有些窘，便也拿出布料，把要求简单说了。女人连连点头，说："妹妹，你放心。"

庞鹰见那些做好的衣服袖口都有个淡青色的图案，像条小鱼。便问高丽华："这是什么？"高丽华告诉她："我妈姓俞，她在衣服上绣条小鱼，是标记，是我妈的logo。"

一会儿，两人走出来。高丽华说："要是感觉好，下次可以介绍朋友过来。"庞鹰哦了一声，想原来被她利用了。两人边走边聊。高丽华告诉庞鹰，她爸爸很早就去世了，靠妈妈一边做保姆，一边做裁缝才把她拉扯大。"我妈总嫌屋子太小，束手束脚的，我跟她说，等再过几年，就买个正正经经的店铺给她。让她过把瘾。"她说着，取出香烟，点上。问庞鹰："抽吗？"庞鹰摇头。高丽华道："真的不抽？我还以为上次你是在苏姐面前装样呢。”庞鹰道：“我为什么要装样？”高丽华道：“苏姐是领导呗，装得乖一点儿，讨她喜欢。”庞鹰嘿了一声：“没这个必要。”

高丽华看她一眼，笑笑：“小姑娘蛮有傲气的。”庞鹰道：“别老气横秋的，你也大不了我几岁。”高丽华道：“我出道比你早好几年呢。”庞鹰道：“什么出道，搞得像黑社会一样。”高丽华道：“涉世，懂吗？出道就是涉世。你还涉世未深，我已经是老江湖了。”庞鹰忍不住笑道：“帮帮忙，真的老江湖会这么说吗？一听就是涉世未深。”

高丽华也笑了笑，看看表，道：“时间还早，我请你唱歌好不好？”庞鹰道：“双休日唱歌很贵的。”高丽华道：“有什么关系。要不，我找个冤大头？”庞鹰正要阻止，她已取出手机，拨通了，嗲嗲地道：“喂，是我呀——出来唱歌好不好——好，那就说定了，复兴公园钱柜，嗯，待会儿见哦。”

半小时后，高丽华和庞鹰赶到钱柜，崔海已等在包房。庞鹰早猜到“冤大头”是他，便叫了声“崔处”。崔海笑吟吟地道：“两位美女好啊。”庞鹰坐下来。崔海问她们：“喝什么？”高丽华说：“啤酒。”庞鹰点了可乐。崔海道：“怎么不点些贵的，今天有大户请客，机会难得，不敲白不敲。”

庞鹰听了一愣，正诧异间，见苏圆圆和佟承志双双走了进来。

崔海笑道："说曹操曹操到，大户来了。"高丽华和庞鹰忙都站起来。苏圆圆道："坐呀，又不是上班。点了喝的没有？"崔海道："喏，她们替你省钱，光点啤酒可乐。"苏圆圆白他一眼："那你还想点什么，XO好不好？"崔海笑道："好啊，我没意见。"苏圆圆道："好人你做，买单我们来——良心大大的坏！"崔海嘻地一笑。庞鹰忙道："不用不用，我们AA制好了。"苏圆圆在她肩上拍了拍，笑道："开玩笑的。今天让我们佟处长买单，他十几年没为女孩子买单了，今天给他这个机会。"

庞鹰抬起头，与佟承志目光相接，两人都微笑了一下。

唱到一半，庞鹰到外面接了个电话。高丽华问她："跟男朋友约好了？"她嗯了一声。

高丽华点了首男女合唱的歌，与崔海一起唱。崔海声音又粗又哑，像公鸭。庞鹰道："苏姐，你和佟处也唱一个吧。"苏圆圆便点了首《明明白白我的心》。她唱得一般，佟承志唱得倒是不错。高丽华说："姐夫，唱得真棒！是不是瞒着阿姐，天天在外面练啊？"佟承志耸耸肩，道："天生嗓子好，一点儿办法也没有。"崔海道："这话听着像在挖苦我。"佟承志笑道："你多什么心，我晓得你是故意唱得不好，让人家以为你是老实孩子从来不进K厅。"崔海哈地一笑，道："被你看出来了。"

唱完歌，高丽华搭崔海的车去做脸。苏圆圆便让庞鹰搭自己的车。佟承志发动车子，问庞鹰："你家怎么走？"庞鹰一愣，随即说了。苏圆圆道："喝喜酒那次不是去过吗，怎么就忘了？"佟承志笑笑："我这人不记路。"

刚上高架，苏圆圆手机响了。是蒋莹，约她聊天。苏圆圆挂掉手机，说声"烦人"，对佟承志道："要不你先送我过去？不好意思哦小庞。"

一会儿到了。苏圆圆下车后，佟承志问庞鹰："你要不要坐到前排来？"庞鹰道："不用——"佟承志笑笑："你这样坐在后排，我感觉自己像是出租车司机。"庞鹰只得坐到前排。一路上都不说话。佟承志问她："很累吗？"庞鹰摇头。佟承志停了停，道："你不要觉得不自在，其实刚才我那样对圆圆说，是不想她误会，没别的意思，她这个人比较敏感。"

庞鹰听他这么说，倒有些窘了。"哦。"她道。

很快，车到庞鹰家了。庞鹰道："谢谢你啊，佟处。"便要下车。佟承志忽道："你不去约会吗？"庞鹰一怔，才晓得刚才和高丽华说的话被他听见了，脸红了红。佟承志道："我送你过去。其实刚刚你就该说了，我们可以直接过去，节约时间。"庞鹰想说，你不是知道嘛，为什么刚刚不问？终是说不出口，嘴上道："我坐地铁过去吧，也省得浪费你的时间。"话一出口，竟觉得像在撒娇，忙又加了句："不麻烦你了。"——竟是越听越别扭。

佟承志笑了笑，道："不麻烦。"说着，踩下油门。

庞鹰赶到餐厅，黄昊已到了。一会儿，菜上来。黄昊道："我点了你最喜欢吃的鸭舌头和银鳕鱼，还有纸火锅。"庞鹰问："这么殷勤，是不是又想让我约人家吃饭？"她是随口一说，谁知黄昊竟真的道："我女朋友实在是聪明。你去帮我问问，看他们这礼拜有没有空。"庞鹰一怔。黄昊接着道："我们公司想申请贷款。可现在银行卡得要命，她男人就是管这个的，批个几百万应该不难吧？"庞鹰摇头："说得轻巧，人家凭什么批给你？万一坏账，人家要担责任的。"黄昊道："所以才说约他出来吃饭谈谈嘛。我们老板说了，要是这事搞定，就给我升一级，薪水涨三成。"

庞鹰不说话，拿起筷子便吃。黄昊朝她看了一眼，道："一回生二回熟嘛，朋友就是这么交上的。"庞鹰道："人家未必想和你交朋友。"黄昊道："你怎么晓得，你当他们是荣毅仁的女儿女婿？多给点儿好处，你看他们想不想交我这个朋友！"庞鹰嘿了一声。

蒋莹在家里炖燕窝。她说燕窝有股怪味，闻着就想吐，道："在家里闷了几个礼拜，都快闷出病了。"苏圆圆问她："那刚才怎么没过来唱歌？"蒋莹一怔，道："唱歌？你们刚才在唱歌？"苏圆圆也是一怔，道："他没跟你说啊？在钱柜，高丽华、庞鹰，还有我和佟承志。"蒋莹放下燕窝，恨恨地道："他现在把我当成黄脸婆了，什么地方都不带我去。"

苏圆圆道："他大概怕那里环境太闹，对你身体不好。"蒋莹道："苏姐你不用替他说话。他是个什么货色，我还会不知道？"苏圆圆笑笑。蒋莹又道："他呢，是不是跟那个小女人走了？"苏圆圆点头道："高丽华去做脸，搭他的车。"蒋莹哼了一声，道："再做也是一张狐狸精的脸。"

两人到附近的日本料理店吃饭。蒋莹吃到一半，忽道："苏姐，我想离婚。"苏圆圆吓了一跳，道："你疯啦，才结婚多久啊？"蒋莹气呼呼地道："不开心，待在一起有什么意思？还不如离了算了。"苏圆圆道："你现在要是离婚，就等于白白地把崔海送给别的女人，你舍得？"蒋莹道："有什么舍不得的，他又不是威廉王子。"苏圆圆道："你呀，嘴硬骨头酥。真要离婚了，你有什么好处？他是无所谓，离一次离两次没啥区别，可你呢，房子车子一样也捞不到，再说女人离过婚就不值钱了。你自己算算，划得来吗？"

蒋莹皱眉，不说话。苏圆圆喝了口茶，朝她看一眼，又道："我要是你啊，轻易不说离婚，可一旦下定决心要离，就弄他个死去活来天翻地覆的，让他身败名裂倒足大霉，这辈子永远翻不了身，呵呵，开玩笑开玩笑，你这个小十三点，可别真的听进去了。"她说着抿嘴一笑，在蒋莹肩上轻轻一拍。

庞鹰出了地铁站，并没直接回家。她在路边长凳坐下，拿出手机，翻出佟承志的号码，发了条短信过去："佟处，我可以麻烦你一件事吗？"

苏圆圆回到家，佟承志已经睡了。苏圆圆走过去，推了他一把，道："这么早就睡了？"佟承志睁开眼睛，道："回来了？"

苏圆圆坐下来卸妆，嘴里轻哼着歌。佟承志朝她看一眼，道："心情不错啊。"苏圆圆道："还好。"佟承志停了停，又道："跟蒋莹聊得开心吗？"苏圆圆道："有什么开心的？我只有和老公聊天才会开心。"说着，朝佟承志一笑。

佟承志也笑了笑。苏圆圆道："她说想和崔海离婚。"佟承志一怔："不会吧？"苏圆圆道："我也觉得不会。说说而已。"佟承志道："那你怎么说？"苏圆圆道："还能怎么说，当然是劝合不劝离了。"佟承志摇了摇头，道："你们这些女人啊，真是作天作地。"

苏圆圆卸了妆，去卫生间洗澡。一会儿出来，佟承志在看画报。苏圆圆道："怎么又不睡了？"佟承志道："老婆回来，就睡不着了。"他说着，一只手伸到苏圆圆腰间，另一只手去解她睡衣的带子。

片刻后，两人平息下来。苏圆圆把头枕在丈夫臂弯里，笑道："今天吃过虎鞭了？"佟承志在她额头轻轻砸个毛栗，道："胡说！你老公用得着吃这种东西吗？"苏圆圆道："是天生神力？”佟承志笑道：“那当然。”

苏圆圆看着天花板，忽然叹了口气，道：“你说，要是我们一直没有小孩儿怎么办？”佟承志道：“没有就没有吧。两人世界也蛮好。”苏圆圆道：“你不在乎？”佟承志道：“只要两个人在一起开心，比什么都好。我不是这么封建的人。”苏圆圆在他脸颊上亲了一下，道：“你真好！结婚的时候我就跟你说过，只要你对我好，我也会对你好。你会越来越好的，我保证。”佟承志也在她额头上亲了一下，道：“我晓得。”

苏圆圆忽地想起什么，道：“哦，对了，庞鹰刚刚给我打了个电话，问我们下周有没有空，想请我们吃饭。”佟承志道：“怎么又请吃饭了？”苏圆圆道：“好像是她男朋友公司要贷款，外面批不出来，想请你帮忙。”佟承志皱眉道：“这人事情倒也多——”苏圆圆道：“庞鹰是老实头，弄不过这男人的，将来结了婚，肯定都听他的。”佟承志道：“那我们去不去吃饭？”苏圆圆打个呵欠，道：“怪烦人的，算了不去了。”佟承志又问：“那贷款的事呢？”苏圆圆道：“你自己看着办吧。要是还过得去就给他办，差得太远就算了，别出什么岔子。”佟承志嗯了一声。

两人关灯睡觉。一会儿，佟承志起身，走进卫生间，关上门。拿出手机，发了个短信：“要是办成了，你怎么谢我？”很快地，回信来了：“我请你吃饭，你想吃什么？”佟承志发短信："我喜欢吃越南菜。"

回信随之而至："没问题。"

佟承志忍不住微笑了一下，关掉手机。随即冲了冲马桶。

五

行里有几个去香港疗养的指标，科里分到一个。苏圆圆原先想让庞鹰去的，上面没通过，结果还是高丽华去了。苏圆圆劝庞鹰："不过是个吃吃玩玩的指标，不值什么，眼光放远些，听说明年要在欧洲设分行，那才是抢手的香饽饽。"庞鹰笑笑。苏圆圆又道："上头有人，弄不过她！"这话是学《武林外传》里的一个段子。庞鹰道："没关系的，谁去都一样。"

临走前一天，高丽华问庞鹰："要带什么东西吗？"庞鹰说不用。高丽华道："香港买名牌很划算的，你不买些吗？"庞鹰摇头。高丽华又问苏圆圆："阿姐，我去香港给你带支欧舒丹的护手霜好吗？我晓得你手一到冬天就容易皴。"苏圆圆道："不用了。我用国产的蛮好，还便宜。"高丽华道："一分价钱一分货，国产到底质量还是差些。我送给你好了，还有庞鹰，一人一支，算是圣诞老人提前发礼物了。嘻！"苏圆圆嘿了一声，转过头，低声嘀咕了句“骨头轻得来”。

星期天，庞鹰来到陆家嘴的“夏龙湾”——越南餐厅。走进去，佟承志已到了。坐在靠窗的位置上，朝她招手。

庞鹰坐下，问他：“点菜了吗？”佟承志笑道：“主人没到，我哪敢点菜？”庞鹰叫来服务生，点了梅子炒蟹、越南春卷、鸡翅、海鲜汤，还有新鲜椰汁。一会儿，服务生送上菜和饮料。庞鹰举起杯，道：“佟处，贷款的事情，真是太谢谢你了。”佟承志也举起杯，碰了碰，道：“别客气。”庞鹰道：“可惜我男朋友今天有事不能来，不好意思哦。”佟承志道：“没关系，圆圆刚好也有事。其实就我们两个也蛮好，人少清净些。”说着一笑。庞鹰瞥见他的神情，道：“我男朋友是真的有事——”话一出口才觉得忒傻。果然，佟承志笑道：“我知道，大家都比较忙。”庞鹰说声“是啊”，拿起椰汁喝了一口。

吃完饭，两人走出来。庞鹰抢先道：“我坐地铁回去。”怕他又要送自己。佟承志点头道：“好，我也坐地铁。今天没开车。”说完便朝她笑。庞鹰哦了一声，脸微微一红。两人并肩朝地铁站走去。

庞鹰比佟承志早两站下。到了站，她走下地铁。佟承志叫她：“哎——”庞鹰回头看他，佟承志竟也跟着出来了。地铁门随即关上。庞鹰有些惊讶。佟承志道：“时间还早，出来散散步，送送你。”庞鹰朝他看了一眼，低下头。佟承志咳嗽一声，搓着手。两人都不说话。

佟承志又咳嗽一声，道："走吧。"示意她上电梯。庞鹰揣测他是什么意思，是到此为止呢，还是要送她回去？她停了停，上了电梯。佟承志跟在后面。庞鹰倒不知如何是好了，想让他停下，话一出口竟成了句"出站再进来还要花钱，不划算"。佟承志笑笑，道："还好。"说完，拿出皮夹，刷了卡。

出了站。刚才还是阳光明媚，突然下起雨来。庞鹰包里有伞，但瞥见他两手空空，料他必定没带伞，便也不拿出来。两人冒雨走着。佟承志瞥见她前额刘海淋得精湿，雨水沿着额头滴下来，眼镜都花了。便伸手把她的眼镜摘了下来："看都看不清，小心别撞墙。"

庞鹰朝旁边一让，条件反射似的。随即捋了捋刘海，笑笑。佟承志道："女孩子不是都爱在包里放把伞？"庞鹰只得把伞拿出来，装作刚刚想起的样子："你不说我都忘了——"撑开伞，道："一块儿撑吧。"佟承志摇头道："这么小的伞，两人撑都淋湿了。"让到一边。庞鹰独自撑伞走了一段，雨越下越大，见他身上都湿透了，便把伞也给他撑些。佟承志笑笑："谢谢。"

两人走着。庞鹰问他："会不会搓麻将？"佟承志道："不怎么会。干吗问这个？"庞鹰道："有人想请你玩几局。我是负责传话的，去不去随你。"佟承志哦了一声，道："再看吧。”

一会儿，到家了。庞鹰收起伞，道：“要不要上去擦一擦？”是客套，心里盼他别答应。佟承志问：“方便吗？”还没等她回答，又笑道：“算了不麻烦了，我回家洗个澡就好了。”庞鹰哦了一声，道：“那么——再见了。”佟承志道：“再见。”庞鹰转身上楼，刚走几步，又下来，把伞交给他，道：“我真是糊涂了，伞借给你用。”佟承志道：“谢谢。”

楼道灯光有些昏暗。佟承志瞥过庞鹰的脸，下巴那里圆圆润润，线条很柔，老人家都称这种是“木鱼下巴”，很是娇俏。他见过一次她没戴眼镜的模样，那次他便有些惊讶，原来摘掉眼镜会有这样的效果，很不一般了。她是非常耐看的那种女孩子，五官细细巧巧的，很精致。

庞鹰瞥见他的目光，有些不好意思。又说声“我走了”，刚要走，佟承志提醒她：“你是不是忘了什么？”庞鹰一怔，随即明白是眼镜，伸手去接。佟承志把眼镜放在她手掌上，另一只手在她手背上轻轻一拍——这个动作有些亲昵了。庞鹰忙不迭地把手缩回去，受惊似的。佟承志也有些察觉，手插进裤袋，朝旁边让了一步。两人都有些尴尬。佟承志摸了摸头，道：“其实你不戴眼镜蛮好，小姑娘不是都流行戴隐形眼镜嘛。”庞鹰哦了一声。佟承志又道：“那，再见。”庞鹰也说声“再见”，转身上楼了。

回到家，婶婶坐在沙发上叠衣服。庞鹰叫声“婶婶”，正要去洗手，婶婶问她："刚才那个男的，风度翩翩的，是谁啊？"庞鹰一怔，随即道："单位同事，住在附近，没带伞，问我借伞呢。"婶婶狐疑地看她一眼，道："你有同事住在附近，怎么没听你说过？"庞鹰道："你又没问过。"说完，心念一动，走到阳台上，佯装摸摸早上洗的袜子干没干，朝下望去，见佟承志竟真的还站着，撑着伞，正朝楼上看。庞鹰慌忙把头缩回来。只觉得一颗心跳得飞快，咚咚地，都快蹦出胸腔了。婶婶在屋里道："黄昊打过电话，问你去哪儿了，我告诉他，你们单位有活动。"庞鹰哦了一声。

佟承志回到家，把庞鹰的伞晾在阳台上，苏圆圆见了，问："谁的伞？"佟承志道："地铁里买的，十块钱一把。"苏圆圆道："怎么挑了这么一把花伞？"佟承志道："都卖完了，只剩这一把。"苏圆圆嘿了一声，道："让你别去，你非要去，现在狼狈了吧？"佟承志道："老同学几年才聚会一次，不去不好意思。"

趁苏圆圆洗澡的时候，佟承志拿出手机发短信，先打了一行字："谢谢你的伞。"想了想，删了，重新打了一行字："明天上课吗？"按下发送键，竟有些惴惴不安。一会儿，回信来了："上的。"佟承志忍不住露出微笑，把短信删了。钻进被窝。

蒋莹告诉苏圆圆，她又怀孕了。电话里兴奋得一塌糊涂。

苏圆圆拿着手机，脸上冷若冰霜，语气却是热情似火："真的啊？恭喜恭喜，真替你开心。这次可要当心哦。"挂掉电话，苏圆圆把手机一扔，上厕所了。一会儿出来，见手机上有条彩信，打开，是一张照片——崔海和一个女人搂在一起亲嘴，两人都衣衫不整。苏圆圆端详了半天，皱起眉头，拨了个电话。

"这是什么呀？"她斥道，"模模糊糊，脸都看不清楚，你怎么办事的，你干脆打上马赛克算了！我问你，你脑袋是不是不好使啊？"她心情不好，劈头盖脸骂了一通，重重地把电话挂了。

过了会儿，又把照片看了一遍。其实也不算太差，至少崔海的脸是清楚了，这就够了。苏圆圆撇了撇嘴，把照片拷进电脑，接着，上了行里的内网。

星期天，苏圆圆带着半斤燕窝来到蒋莹家。她本不想买燕窝的，贵得很，半斤就要好几千块。可那天蒋莹说不喜欢燕窝，闻了想吐。她记在心里。按中医的理论，身体本能排斥的东西，肯定吃了没益处。她看了六七年的中医，多少懂一些。她想，贵就贵吧，值得的。苏圆圆这么想着，又有些感慨，怎么都到了这种地步了？走火入魔了。

蒋莹穿着防辐射背心在做瑜伽。苏圆圆坐在沙发上，看她缓缓吸气，又缓缓吐气，扭腰转颈。苏圆圆道："小心点儿，我都替你捏把汗。"蒋莹道："没事的，孕妇也要运动，光坐着不动，对生孩子没好处。”

一会儿，蒋莹做完了，站起来，苏圆圆拧把毛巾给她。蒋莹说声“谢谢”，坐下来。苏圆圆问她：“崔海什么时候回来？”蒋莹道：“大概后天吧。我倒希望他晚点儿回来，也清净些。”苏圆圆嘿了一声，朝她看，欲言又止的。蒋莹察觉了，问：“怎么了？”苏圆圆一怔，道：“没什么。”

蒋莹道：“不对，肯定有事，苏姐你别瞒我，是不是崔海有事？”顿时紧张起来。苏圆圆忙道：“不是不是，你别瞎猜，小事情，我本来不想说的，可再想想，你早晚会晓得——”蒋莹声音都发抖了：“什么事啊？”

苏圆圆叹了口气，道：“你晓得高丽华也去香港了，是吧？”蒋莹一怔，脸色倒是安定了些：“这事啊？我不晓得，又没人告诉过我。”苏圆圆道：“本来轮不到她去，也不晓得怎么回事，最后的名单上有她。”蒋莹阴沉着脸，问：“结果呢？出什么事了？”苏圆圆叹了口气，道：“有人把他俩的照片挂到内网上，幸亏发现得早，影响还不算大。”蒋莹愣了愣，问：“什么照片？”苏圆圆咂了下嘴，又叹了口气。蒋莹有些明白了，不说话，过了一会儿，道：“我上网看看。”苏圆圆忙道：“早被管理员删了，谁还存到现在？不过我倒是拷了一张在U盘。”蒋莹急道：“拿给我看。”

苏圆圆把U盘插入电脑，一会儿，照片出现在屏幕上。蒋莹见了，倒抽一口冷气，眼睛倏地睁大，又倏地变小。苏圆圆在一旁道："看完就删了吧。我本来也不想拷的，可再一想，我们是什么关系，不能像别人那样藏着掖着。现代女性呀，又不是旧社会的祥林嫂。"

蒋莹站起来，走到阳台上，手扶着栏杆。苏圆圆也走过去，见她脸色苍白，扶着栏杆的手有些微微发抖，整个人都在发抖。

半晌，蒋莹回到客厅，在抽屉里拿了烟，点上火，要抽。苏圆圆急急地拦下，道："你傻了？"蒋莹哧了一声："我都傻到现在了。"苏圆圆把烟掐灭，扔进垃圾桶。蒋莹坐下来，涩然道："看来不离不行了。"

苏圆圆劝她，为了肚里的孩子，也要忍一忍。蒋莹道："怎么忍，再忍就真成傻子了。"苏圆圆沉吟着，道："说句实在话，你不要生气，想想崔海前面那个老婆，要不是短命，崔海肯定跟她做一辈子夫妻。崔海这个人，花是花的，老婆也不会不要——"蒋莹不客气地打断："我跟她一样吗？她是川沙农村种田的，一张脸长得像屎一样。我是什么人？我是上海人！大学生！才貌双全！她跟我能比吗？她可以忍气吞声，我不行！"

苏圆圆想，你自我感觉倒是蛮好。便又道："我不是跟你说过嘛，现在离婚对你一点儿好处也没有。女人最忌讳的，就是一哭二闹三上吊，结果什么也捞不着。我问你，你是只不过想闹闹出口气呢，还是真的想离？"蒋莹道："真的想离。”苏圆圆道：“不后悔？”蒋莹道：“保证不后悔。”苏圆圆点了点头，道：“那也好，反正现在不比从前了，在一起不开心干脆离婚，对大家都好，劝合不劝离那套早过时了。我们是好姐妹，才这么设身处地为你考虑，你可别到头来反咬一口，说我劝人家夫妻分开伤阴骘——”蒋莹哎哟一声，道：“苏姐，你就放心好了，我才不是这么没良心的人。谁对我好谁对我不好，我心里清清楚楚。”苏圆圆道：“那小孩儿呢，你还要不要？”蒋莹一怔，道：“小孩儿是我的，当然要的。”苏圆圆点头道：“那办法就来了。”

苏圆圆喝了口茶，朝蒋莹瞥了一眼，见她一脸急切，忽地想起当年她刚进单位时的情景——有些土气地烫了个长波浪，把前额挡个严严实实，一张脸却是稚气未脱，还有些婴儿肥。不懂什么人情世故，却格外地相信自己，整天小尾巴似的跟着，苏姐长苏姐短。苏圆圆想到这里，便有些愧疚，不该这么做，但只是一念之间。很快地，她微微一笑，说下去：“不要急，先装作不知道这件事，一点儿风声也不要露，顺着他，让他一点儿也不防备。等孩子生下来，以孩子的名义到法院告他，打他个措手不及，说他身为人父人夫，在外面与别的女人通奸。照片就是铁证，最好之前再收集一些他与那个女人通电话、外出的证据。我敢保证，这场官司你赢定了。到时候再跟他离婚，他是过错方，家里的财产大半都归你。你好处有了，气也出了，想怎么搞臭他就怎么搞臭他！”

苏圆圆一边说，一边在心里算日子。孩子生下来还有七八个月——时间刚刚好。她想笑，生生地忍住，做出义愤填膺的模样。

分行工会举行一场英语风采大赛，庞鹰得了青年组一等奖。颁奖那天晚上，所有得奖的同志到饭店聚餐。庞鹰被设在主桌，与行里几位领导坐在一起。她不会交际，旁边人与领导推杯换盏，她只觉得浑身不自在。佟承志坐在邻桌，他是中年组三等奖。庞鹰被几个人撺掇着去敬领导酒。她只得站起来，端着大半杯红酒，傻乎乎地道：“我敬各位领导。”领导不满意了，说：“我们这么多人，你得一个一个敬。”庞鹰僵在那里。好在其中一个领导厚道，说：“一起就一起吧，不过你得喝干。”庞鹰只好笑笑，把酒一饮而尽。

庞鹰一杯酒下肚，便觉得头晕，红着脸坐着。最后一道菜是大闸蟹。端上来，大家各自拿了一个。庞鹰没动。旁边一位领导替她拿了。庞鹰说：“谢谢。”便去剥蟹脚。

佟承志凑过来，在她肩上一拍，轻声道：“别嘴馋，会过敏的。”庞鹰先是一怔，随即想到上次向他说“吃螃蟹会过敏”，当时只是随便说说，没想到他竟记下了，倒有些感动了，道：“吃点儿蟹脚没关系，蟹黄给你吃好不好？”佟承志说：“好啊。”庞鹰把蟹壳掰开，蟹黄给他。忽地意识到两人不该亲昵到这个地步，但也不便缩回去，只得硬着头皮给他了。佟承志接过，道：“谢谢。”

酒席还没结束，佟承志便先走了。剩下的人嚷着要去酒吧，庞鹰吓得连忙拒绝，说：“我不能多喝酒，要过敏的。”说到“过敏”两字时，心头竟升起一丝暖意，一个人的脸在脑子里晃啊晃的。她想，真是要命了，疯了疯了。这时手机响了，是佟承志发来的短信：“我在地铁站一号口等你。”

庞鹰走下楼，犹犹豫豫地在饭店门口停着不动。服务生还以为她要叫车，一挥手，一辆出租停在面前。庞鹰不好意思，便坐进去。车子启动。司机问她去哪里。庞鹰心不在焉，没听见。司机问了几次，她才回过神来。支吾了半天，道：“嗯，就前面那个地铁站。”说完脸都红了。司机还以为听错了，嘀咕着：“小姑娘派头老大的，一百米的路都要叫差头。”

到了地铁站，庞鹰下了车，远远看到佟承志站着，一米八几的身高，休闲西装牛仔裤，站在人群里很显眼。那天婶婶说他风度翩翩，的确如此。庞鹰想着，便骂自己“十三点”，人家的老公，再风度翩翩，又关你什么事？走上前，叫了声“佟处”。佟承志道：“你来了。”她道：“嗯。”佟承志又道：“没和他们去喝酒？”庞鹰心想，要是去喝酒，你不是白等了？——摇了摇头。

两人都顿了顿。佟承志朝她看，笑笑，其实是心里没底。

庞鹰也笑笑，两人这么面对面站着，挡了旁边人的路。有几个行人从他们中间穿过去。佟承志道："我们进去吧。"庞鹰道："好。"两人并肩朝里走。走了几步，庞鹰问他："今天又没开车吗？"佟承志嗯了一声，停了停，忽道："坐地铁比较慢，和你待的时间长。"

话一出口，他心里怦地一跳。这么张嘴便说，不经大脑似的。语气还那么淡定，像是理所当然。他想，真是要命了，疯了疯了。好在周围嘈杂得很，把尴尬减了几分。

庞鹰自然是听见了，却装作没听见，动也不动。脸却不自禁地红了。她想，脸红真是个坏习惯，让心躲无可躲。她听到自己的心跳声，一下两下，跳得飞快，手和脚都不协调了，像顺拐。

佟承志说要送她回家。庞鹰没吭声，默许了。倒不是希望他送，而是怕一开口，声音都发抖，那便更糟。下了地铁，两人慢慢朝庞鹰家走。路上行人不多，零零星星的。庞鹰微低着头，怕被熟人看见。路灯把两人的影子越拉越长，橡皮筋似的。一会儿，到了门口。庞鹰道："我上去了。"

佟承志哦了一声。庞鹰转身便走，有些仓皇地，做贼似的。脚在楼梯上绊了一下，哎哟一声，连打了几个趔趄，心想着又该被他笑话了。听见佟承志在身后叫了声"庞鹰"，便回头，问："怎么？"

佟承志清了清喉咙，咽下一口唾沫，道："我——"恰恰这时一辆卡车在面前停下，按了几记喇叭，把后面几个字生生吃掉了。卡车门上印着“某某搬家公司”，陆续有人卸下桌椅、冰箱什么的，也不晓得怎么回事，居然晚上搬家。佟承志便有些懊恼，心倒是定了些。朝庞鹰看，猜她应该是没听见。

佟承志咳嗽一声，道：“这个，我走了。再见。”几人搬了张八仙桌过来，嘴里叫着“借过”。佟承志往旁边让了让。庞鹰撑住防盗门，让他们进去。楼上又下来两个人，嚷着“这么晚，真是碰着赤佬了”，吵吵嚷嚷的。

佟承志朝旁边退去，心想这算什么名堂，又有些好笑。庞鹰抵着门，朝他笑。他也笑。两人对视着，那些人陆续从两人中间搬东西进去，粗声粗气地说着话。佟承志看见庞鹰的脸红扑扑的，想这姑娘真是很爱脸红。

忽然，庞鹰说了句话。佟承志没听清，问她：“什么？”庞鹰红着脸，停了停，道：“我用英文讲好不好？”佟承志怔了怔，道：“好啊。”

这时又是几下喇叭声。楼上有人开窗骂：“几点钟了，你脑子坏掉啦？”佟承志没听见庞鹰的话，正要再问，最靠近他的那个人忽地咧嘴一笑，对他道：“小姑娘说‘I love you’，以为我们乡下人听不懂英文是吧？嘻！”他说完，扛着冰箱上楼了。佟承志愣了愣，头像被什么打了一下，有那么几秒钟没回过神来，再一看，庞鹰已上楼了。砰的一声，防盗门重重地关上。

佟承志呆呆站着，一动不动。长长地叹了口气，嘴角却又带着笑意。傻了似的。一会儿又摇头，心想，疯了，真是疯了呢。

六

很快便是元旦，没几天又是春节。噼里啪啦鞭炮放过一阵，紧接着便冷清下来。三月里淫雨霏霏，湿答答地落了一阵，总不见停，天地仿佛都长了绿毛。好不容易挨到了四月，才转晴些。太阳却总是羞羞答答、遮遮掩掩的，像是跟谁捉迷藏，只露了个小脸，又倏忽没了踪影。

过完年，庞鹰便开始戴隐形眼镜了。说是黑框眼镜坏了，懒得再配，索性便戴隐形眼镜了。高丽华说她早该这样了，黑框眼镜太老气，早过时了。庞鹰到卫生间补妆。苏圆圆在一旁瞥见庞鹰的脸，微微一怔，想这姑娘原来这么秀气。庞鹰在镜子里看见她的神情，便笑笑，说："我男朋友给我买的隐形眼镜，苏姐你说我戴着好不好？"苏圆圆也笑笑，道："蛮好。"

下班时，外面突然下起雨来，庞鹰和高丽华、苏圆圆走出来，手已触到包里的伞，心念一动，手停在那里。佟承志开着车过来，苏圆圆上了车。庞鹰待车开远了，才把伞摸出来，撑开。

晚上下课后，庞鹰在二楼碰到佟承志，却不停步。两人一前一后地到了校门口。庞鹰继续往前走。一会儿，佟承志开着车从后面赶上来。庞鹰上了车。佟承志把一捧玫瑰送到她手上。庞鹰说声“谢谢”，接过。佟承志叹口气，道：“像特务接头，累啊。”庞鹰道：“我这是为你好。”

佟承志一笑，道：“我晓得。”

车子驶上高架。佟承志一手握方向盘，一手搭在庞鹰肩上。他问：“你猜，我第一次对你有好感是什么时候？”庞鹰想了想，摇头道：“猜不出。”佟承志道：“就是那次，我告诉你我在读中级口译，问你读什么，你说‘也是英语’。后来我晓得你在读高级口译，就觉得你这个小姑娘为人很低调，也很懂事，不让人难堪。”庞鹰道：“我倒没想那么多。要是我说‘高级口译’，你会难堪吗？”佟承志道：“多少会有一点儿，我是你上级，又比你年纪大——”庞鹰嘿地一笑，道：“是不是感觉像留级生？”佟承志轻轻捏一下她的鼻子，道：“是啊，我是留级生，你是大队长。”

分手时，庞鹰把玫瑰还给佟承志：“拿回去给苏姐吧。”佟承志朝她看。庞鹰脸一红，道：“总觉得很对不起她。”佟承志开玩笑道：“那就把我还给她。”庞鹰轻声道：“那我也舍不得。”说着脸又红了一下。佟承志一笑，从中抽了几枝。

佟承志回到家，把玫瑰给苏圆圆，道："路上一个小女孩儿硬缠着我买，实在不好意思，就买了几枝。"苏圆圆嘿了一声，把花插进花瓶，道："你啊，脸皮薄，人家吃死你了。"忽地又道："你开车回来的，在哪里买的花？"佟承志心里一跳，嘴上道："加油的时候。也真是厉害，生意居然做到加油站去了，那些小女孩儿也实在是本事大。"苏圆圆道："越做越精了。"

庞鹰在小超市买了把伞，回到家，把原先那把花伞给了婶婶。婶婶问她："还好好的，怎么就不要了？"她笑笑，没说话。

黄昊换了个工作。金融海啸来势汹汹，中小企业纷纷倒闭。他原先那家小电器公司，资金链一断，立刻便没了生路，一点儿还价的余地也没有。黄昊去人才市场找工作，可现在经济不景气，哪有合适的岗位。幸好一个朋友推荐他去做保险，说他脑筋活络，口才也不错，做保销是把好手。黄昊没法，只得先做着。

他连着几个星期都不敢找庞鹰。庞鹰晓得他是没脸。公司关门了，七百五十万的贷款，成了坏账。黄昊给她发过几次短信，她都没回。婶婶有一阵子见不到黄昊，问她："你们俩最近怎么了？"她说："没怎么。"婶婶便嘿了一声，道：

“我老早晓得，长不了。”

庞鹰给佟承志买了根登喜路的皮带，两千多块。她从不买名牌，这是第一次。佟承志拿到皮带，问她：“多少钱？”她回答：“没多少。”佟承志去看价格牌，却被她拿掉了。佟承志怔了怔，说：“其实没必要买这么贵的东西，都经济危机了。”他这话是开玩笑，但庞鹰却听着有些刺耳，道：“我晓得，所以补偿你一点儿。”佟承志听出她的意思，微笑道：“要补偿什么？能够遇到你，就是最大的补偿了。”说着，握住她的手，轻轻捏了捏。庞鹰低下头，道：“我心里很不好意思。”佟承志温言道：“小事情。”

佟承志送庞鹰回家。车子停在小区门口。庞鹰走进去，在楼下遇到黄昊，靠着一棵树站着。他道：“回来了？”庞鹰嗯了一声。黄昊手插在裤袋里，道：“好久不见。”庞鹰又嗯了一声，便要上楼。黄昊伸手拦住她。庞鹰朝他看。黄昊把手缩回去，讪讪地道：“你是不是不准备理我了？”庞鹰没说话。黄昊又道：“我晓得让你难做人了，可我也不是故意的，金融危机又不是我搞出来的。”庞鹰先是不语，停了停，道：“当初你就不该开口。七百五十万啊，不是七块五毛！你晓得给人家添了多少麻烦？”

她说完，扔下他，噔噔噔地便上楼了。

佟承志一路上都在想那笔贷款的事。几个负责信贷的处长里，就他这笔坏账最大，金融海啸是借口，但总归是个麻烦。陈述报告也得费一番心思。苏圆圆倒没怎么多说他，但娘家连着跑了好几次。气氛有些沉重。佟承志晓得她是找她爸爸商量对策。老丈人也是个喜怒不形于色的人，话说一半留一半的。佟承志猜他心里必定骂了一千遍“扶不起的刘阿斗”。

佟承志暗暗叹了口气，把车停在路边，摇下车窗，点了支烟。抽完一支，又点上一支。两支烟吸完，才好受了些。苏圆圆不许他抽烟，说万一怀孕怎么办。他嘴上称是，心里却想，要是能怀老早就怀上了。不抱希望的事，早不放在心上了。他父母前些年还隔三岔五地问，现在也死心了。倒是劝他去抱一个，说家里总归要有个孩子才像样。他也不去多想，反正苏圆圆那边不提，他提了也是白提。

庞鹰到家时，婶婶和几个牌友还在搓麻将。表弟已经睡了。庞鹰放下包，去卫生间洗澡。一会儿出来，听婶婶打发那些人走：“最后关头，我儿子再过两个月就要高考了，等他考好我们再玩个尽兴！”庞鹰拿电吹风吹头发。婶婶送那些人出去，走进来，打个呵欠：“年纪大了，麻将也搓不动了。”庞鹰见桌上狼藉一片，便帮着收拾。婶婶说尿急，进卫生间小便，刚进去又匆匆出来，问庞鹰：“你是不是和黄昊分手了？”庞鹰说：“没有。”婶婶道：“你别瞒我，刚才刘家姆妈说，前天晚上，看见一个男人开车送你回来，两个人有说有笑的。”庞鹰道：“是同事。”婶婶追问：“什么同事？”庞鹰道：“说给你听你也不认识。”

婶婶一扭腚进卫生间了。庞鹰上床睡觉，隔着帘子，听见表弟在打鼾，很有节奏，心想这小子年纪不大，呼噜声倒挺大。又见他被子踢开一角，掉在地上，便拉开帘子，替他把被子掖好。庞鹰重新躺下，侧身向外，却是一点儿睡意也没有。脑子里乱糟糟的，像缠成一团的毛线，总也找不到头。一会儿，好不容易理齐了，倏忽一下，变戏法似的，又整个没了，空荡荡的，什么也没有。更叫人彷徨了。

佟承志走进办公室，刚坐下，还没来得及泡茶，电话铃便响了，是苏圆圆，让他过去一趟。声音很低沉。她上班历来是不与他联系的，这就有些反常了。佟承志预感到什么，一颗心顿时提到嗓子眼。

他开门出去，在过道里遇见崔海，边走边打手机。佟承志跟他打个招呼，他点头，在佟承志肩上拍了拍，过去了。佟承志走到苏圆圆办公室门口，还没进去，苏圆圆已出来了，脸色不大好。“走，去郭副总那里。”她说完，转身便走。佟承志心里更没底了，也不敢多问，紧紧跟在后面。

到了郭副总办公室，两人敲门进去。郭副总表情很严肃，也不让坐，拿出一张照片，啪地扔在桌上：“你们自己看吧。”佟承志拿起来，一瞥，吃了一惊。照片上，他和几个男人坐着打麻将，桌上散乱地堆着许多钞票。图像不太清楚，似是被烟雾笼罩，朦朦胧胧的。人影也有些变形，显得很诡异。

苏圆圆也是一怔，朝他看。郭副总道："还没完呢。喏，再看这些。"又拿出两张纸，一张是借条的复印件，上面清楚写着欠佟承志十万元整。另一张是封电脑打印的举报信，说佟承志违反银行信贷制度，收受贿赂，将七百五十万巨额贷款批给一家不够资格的小公司，情节十分恶劣。信件下方没有署名。

佟承志倒抽一口冷气。

当天晚上，两人去了苏圆圆娘家。老丈人把佟承志狠狠训了一顿。结婚以来，佟承志还是第一次被他这样训斥，一点儿情面也不留。丈母娘在一旁叹气。苏圆圆则面无表情。老丈人到后来是真的激动了，他问佟承志："你很缺钱吗？你要是缺钱就跟我说，十万块钱我还是拿得出来的。"佟承志低头不语。苏母推了推女儿，轻声问："他怎么还会搓麻将？"苏圆圆哼了一声。

老丈人说："亏得郭副总是自己人，把东西半路截了下来，否则你就等着撤职处分吧。我真没想到，你这个人竟然这么糊涂！"老丈人激动地挥动着双手。丈母娘打圆场："承志也只是一时糊涂，谁没个犯错的时候——"丈人大声打断道："那也要看犯什么错，他在外面杀人放火，法官会因为他一时糊涂而不判他死刑吗？"丈母娘碰个钉子，不说话了。

佟承志夫妇回到家，苏圆圆把包一丢，问他："你为什么事先没跟我说？”佟承志愣了愣：“怎么没跟你说？你不是晓得？”苏圆圆嘿了一声：“我晓得什么？你搓麻将收贿赂，什么时候跟我说过了？睡觉的时候，还是做梦的时候？”她冷冷盯着他。佟承志被她的目光压得抬不起头，便不说话。

苏圆圆停了停，忽问：“你在外面是不是有女人了？”佟承志吓了一跳，脱口而出：“胡说八道！”

苏圆圆朝他看了一会儿，摇摇头，对着梳妆台卸妆。佟承志站起来，佯装到包里掏东西，其实是掩饰，手足无措的。两人都沉默着，听到墙上那口西洋挂钟铛铛响了几下——夜已深了。又过了一会儿，相继上床了。

佟承志一夜都没睡着，早上起来，看见苏圆圆深黑的眼眶，晓得她也没睡着，一晚上翻来覆去的，脸色也晦晦涩涩的。两人胡乱吃了些早饭，一前一后出门，佟承志先去发动车，在车上等了一会儿，还不见她，下车去找，却发现她坐在台阶上抱着腿——原来是扭到筋了。佟承志蹲下身，问她：“疼吗？”她道：“你试试扭一下，看疼不疼！”佟承志劝她别去上班了，请个假。苏圆圆叫起来：“都什么时候了，还请假，我恨不得一天二十四小时都待在行里，免得再出麻烦！”佟承志无言以对。苏圆圆朝他看，又道：“算了，我没事，反正上班也是坐着，又不用跑来跑去，上车吧。”佟承志哦了一声，转身便走，苏圆圆一把拉住他，一只手伸到他手里，让他握着。佟承志朝她看。苏圆圆不看他，却把他的手握得更紧些。佟承志心里一暖，也握紧她的手，捏了两捏。

事情终于还是闹开了。一模一样的照片、复印件、匿名信，摆到了老总的桌上。前后相隔还不到一周。不过也好在隔了这一周，总算是有了应对的空隙，不至于太狼狈。老总是个做事顶真的人，查是查的，但碍着老行长的面子，尽量低调地进行。苏圆圆找了个公安局的鉴定专家，出来证明说，照片清晰度太差，一看就是 PS 的，至于借条，没凭没据的，又是复印件，更是笑话一桩，明摆着是栽赃陷害。专家在鉴定书上签了字，板上钉钉，有法律效力的。他父亲是苏父的老同学，交情很好。苏圆圆拉着佟承志去他家跑了一趟，带了台夏普的液晶电视，56 寸全高清，三万多。人家刚搬了新房，总要意思意思的。

分行里自然是传开了。佟承志吃饭时遇见同事，大家待他的态度多少都有些异样，不是低头避开去，就是热情得过了头，很不自然了。

晚上和庞鹰一起吃饭，庞鹰的眼圈儿都是红的，她说："是我害了你。"佟承志经过这阵子的折腾，倒变狠了，也豁出去了，犟犟地说："有什么害不害的，我不后悔。"

庞鹰朝他看，道："真不该去搓那场麻将，你又不喜欢。怪我，不该替你答应下来，更不该让他们写那张借条。"佟承志嘿了一声："有心要害我，就算没这件事，也有别的事冒出来。我不怕，随他们闹去，反正我也无所谓，大不了就是撤职，难不成还让我下岗？”他说着，有些激动了。庞鹰先是不语，继而在他背上轻轻抚了两下。

庞鹰劝他早点儿回去：“苏姐现在也着急，走吧，别让她担心。”佟承志不动，看着她，问：“你赶我？”庞鹰晓得他是撒娇，把他按进车里。佟承志说要送她，她说还有事要去亲戚家一趟，就住这附近。她替他系上安全带，说：“越是这个时候，越要爱惜自己，日子还长着呢。”

她说完，朝他笑了笑，是充满鼓励的。佟承志嗯了一声，说：“只要有你，我什么都不在乎。我是大观园里的贾宝玉，没出息。”他原是想开个玩笑，话一出口，竟觉得悲凉了，又有些瞧不起自己，心想，你再怎么自暴自弃，也不该在她面前说这话，都是可以当她叔叔的人了。庞鹰撇嘴道：“你是贾宝玉吗？我看你倒像贾琏，贼忒兮兮的。”这话放在平时，佟承志是要不舒服的，现在因有那件事打底，反倒不介意了，还排解了些。佟承志一笑，在她头上轻轻一拍：“小姑娘！”

佟承志踩下油门，反光镜里，庞鹰微笑着朝他挥手。他也朝她挥了挥手。车子转弯后，庞鹰没有停留，叫了辆出租车，径直来到静安寺附近一家茶室。走进去，里面人不多，空荡荡的。角落里坐着一个人，昏暗的灯光下，跷着二郎腿在抽烟，面前是一杯泡得酽酽的茶。茶叶厚厚地浮在水面上，像冬天马路上密密实实的那层树叶，泛着黄，很沉，又有些萧瑟的感觉。

庞鹰走近了。这人抬起头，灯光在他额头镀上一层锈黄色，“我替你叫了杯龙井。”他道。庞鹰说太晚了，喝茶睡不着觉。这人嗯了声，道：“喝茶有好处。有位老同志告诉我，现在这个世道，要想做大事，一定要多喝茶。”他说着一笑，“喝茶能让人头脑清醒，沉得下心。”服务员送上茶，他拿了，递给庞鹰。庞鹰双手接过，说了声：“谢谢崔叔叔。”

七

欧洲设分行的消息传出来了，连领导一共是七八个人，照例先是填表格报名。全国几十家分行，成千上万个人里挑选，谁都晓得背后要有别的东西撑着才行，否则填了也是白填。可谁也不愿落后，反正试试又不用花钱，不试白不试。

庞鹰去人力资源部拿报名表，高丽华托她多拿一份。两人各自填表格。其中有一项要求用英语写简历，高丽华问庞鹰借《汉英字典》，折腾了半天，才写了几行。庞鹰填完了，在一旁等她。她不好意思了，说：“你先去交吧，一会儿我自己去交。”

黄昊买了两张林忆莲的演唱会门票，他晓得庞鹰顶喜欢林忆莲。票子交到她手上，他道：“三百八一张，两张票子我要做整整一个月的保险。你要是不去，我就直接把票扔垃圾桶。”这话有些耍无赖。庞鹰朝他看了一眼，道：“好吧。”

周六看完演唱会，两人坐地铁回去，庞鹰问他：“保险做得怎么样？”他嘿了一声：“现在这个世道，饭都要吃不起了，谁还来买保险？我也想开了，再做一阵，实在不行就算了，反正天无绝人之路，大不了回老家种地去！”庞鹰听了，不说话，一会儿，又道：“那就换个工作。”黄昊笑笑：“你给我换？”庞鹰停了停，道：“再看看吧。兴许有机会。”

临别时，庞鹰拿出八百块钱给他，道：“演唱会就算是我请的。”黄昊瞥她一眼：“看不起人啊。”庞鹰道：“我不是这个意思，等你手头宽裕了，再请我看贵的。”说着，把钱塞在他手里。黄昊一把拿过她的皮夹，又把钱放回去。庞鹰朝他看。他把手插进裤袋，耸了耸肩。庞鹰心里叹了口气。

蒋莹怀孕五个月了，肚子很大，医生劝她该注意饮食，否则到时生起来困难。苏圆圆隔一阵便去看她。一对双胞胎今年上幼儿园了，长高了些，更乖巧了，见了苏圆圆便叫“阿姨”。苏圆圆笑吟吟地从包里拿出糖果给她们吃。崔海陪着坐了一会儿，便说有事要出去，苏圆圆道：“怎么，我一来你就走？”崔海笑笑，道：“我走了，你们姐妹俩才方便说话呀。”苏圆圆也笑，道：“你在也一样方便，又不是外人。”崔海笑道：“有些你们女人的悄悄话，我们男人不方便听，听了就没趣了。”

崔海说完，在双胞胎女儿脸上亲了亲，出门了。蒋莹待他出去，便忙不迭地让保姆把双胞胎带走。“两个小鬼头，吵得我脑袋发涨。烦人！”她道。

苏圆圆瞥一眼她的肚子，问：“宝宝还好吧？”蒋莹道：“好得很，这可是我的本钱，拼了老命也要养得好好的。”苏圆圆一笑：“别说得那么夸张。”蒋莹道：“本来就是嘛。苏姐我跟你说，我算是想通了，这个世道啊，什么都是假的，只有自己好才是真的。加上现在经济又不景气，要是再不为自己打算，就真是傻子了。”保姆带一对双胞胎到楼下去玩。门一关，苏圆圆便问蒋莹：“他有没有看出来？”蒋莹嘿了一声：“我是谁啊？谁要真的惹了我，保管让他吃不了兜着走。苏姐，我这次是真的铁了心了，他不仁，别怪我不义，不把他弄臭，我怎么样也咽不下这口气。”

苏圆圆下了楼，见一对双胞胎在不远处玩滑梯，爬上去，又溜下来。来来回回地。苏圆圆走近了，蹲下来，逗她们玩。双胞胎咯咯地笑，一模一样的脸，笑起来也是一模一样的酒窝，甜得很。苏圆圆想，也活该那女人倒霉，一点儿母爱也没有，还当妈妈呢。她想到这里，不由自主地心酸了一下。

回去的路上，苏圆圆到菜场买了一斤南美白虾。这种虾适合剥虾仁，比外面买的实惠，味道也好。佟承志最喜欢吃腰果虾仁。钟点工是四川人，不会烧这道菜。她自己烧。回到家，把虾仁剥出来，撒上盐，倒上料酒，再敷一层蛋清。锅里倒下油，先炸腰果。火不能太旺，否则腰果就焦了。再是炒虾仁。急火快炒，最后放腰果，倒少许蚝油吊鲜，一道菜就算烧好了。

苏圆圆本来是没心思下厨的，但想着佟承志这阵子的神情，是该安慰安慰他了。男人毕竟是男人，有自尊心的。真要一棍子打瘪，便一点儿意思也没有了。苏圆圆按捺着，这阵子反倒比平常更体贴些。老公是自己的，是自己的脸面。脸面就是颜面和体面，是顶顶要紧的东西。看着老公，便如同照镜子。镜子里的人倒霉，镜子外的人也体面不到哪里去。这番话，苏父跟她说了几千几万遍。她记在心里。

佟承志请了两个礼拜的年假。苏母建议他去普陀山烧香，去去晦气。他不好直接拒绝，便说去玉佛寺烧香也是一样的。苏圆圆也请了几天假，陪他去三亚玩了趟，散散心。回来时，苏圆圆给高丽华和庞鹰各带了一副贝壳做的耳环。高丽华隔天便戴了，接电话时，不慎把一只耳环掉在地上，自己却没察觉。庞鹰一旁见了，悄悄捡了起来。

佟承志借口说老同学聚会，晚上陪庞鹰去看电影，是《梅兰芳》。演少年梅兰芳的那个演员长得很俊，上了装后很有些风情万种。佟承志看了，便道："这男人怎么比女人还漂亮。"庞鹰笑道："你去试试，说不定也行。"佟承志道："我这么大块头，要是扮女人，只能演顾大嫂孙二娘什么的。”两人都笑。

佟承志要送庞鹰回家。庞鹰不肯，道：“今天我送你回家。”佟承志逗她，道：“怎么送，你来开车？”庞鹰道：“你开车，我送你。”佟承志一笑，在她鼻子上轻轻刮了一下。两人上了车。庞鹰又道：“真的，今天我送你回家。”佟承志朝她看，笑笑。一会儿，车到了佟承志家。佟承志却不下车，叹了口气，道：“我又想送你回家了。”

两人相视而笑。庞鹰低声道：“那就送我回家吧。”佟承志道：“真的？”庞鹰道：“送我回家，我再送你回家。”说着一笑。佟承志捏了捏她的下巴，伸手揽她入怀。两人紧紧拥在一起。庞鹰闻到他身上淡淡的衣服清香，心里一荡，暖暖的，似有什么东西融化了，变轻了，在那里飘啊飘的。但只是一瞬，很快地，又一点点沉下去，直落到底，冷了，硬了。

庞鹰回到家，见表弟在翻看以前的相册。他指着一张照片，问庞鹰：“姐姐，这就是那个把你从河里捞上来的解放军吧？”庞鹰瞥了一眼，道：“嗯。”表弟又问：“他人呢，还在安徽吗？”庞鹰道：“复员后就回上海了。”她看向那张照片——十几年前的老照片，都有些发黄了。那时她还是个小女孩儿，剪个《城南旧事》里小英子的发型，被一个穿军装的男人抱在手里。男人是二十出头的年纪，剃着平头，对着镜头咧嘴笑，有些青涩的模样，当然现在完全不同了，崔海现在发福了不少，前额还有些微秃。

这时，手机响了，是佟承志的短信："到家了没有？"她回道："平安到家。"一会儿，又发过来："早点儿休息。晚安。"她回道："晚安。"庞鹰握着手机，怔怔的，佟承志那张脸在眼前晃啊晃的，带着笑，来来回回地像被什么牵着，怎么也挥不去。不知过了多久，外面似是下起雨来，淅淅沥沥地落在窗格上，听着又急又密。

第二天早上，苏圆圆开佟承志的车去上班。她开收音机听新闻，一瞥，见地上有什么东西亮闪闪的，捡起来，是一只耳环。苏圆圆认得是她买给高丽华的，淡粉色的，做成海豚的形状，很别致。苏圆圆拿着耳环，认认真真地看了一会儿，放进口袋里。

庞鹰走进办公室，苏圆圆和高丽华已先到了，两人似在说话，见庞鹰来了，便闭嘴不说。庞鹰说声"早啊"，坐下来。桌上那面镜子，清清楚楚地映出苏圆圆的脸——面色很不好。庞鹰只看一眼，便把目光移开。

中午，庞鹰拿出手机，按下录音键，放在桌上，起身去卫生间。一会儿进来，把手机收好，问两人："去吃饭吗？"两人都说不饿，她便一个人走出来，到角落边，戴上耳机，听刚才那段录音。高丽华坐得远，声音很模糊，苏圆圆的声音勉强能听清，只是忽高忽低："我去营业厅一查就晓得，只要拿他的身份证打份账单，电话号码都在上面，别想赖得掉！"

庞鹰愣了愣，暗骂自己弄巧成拙了。远远地看见苏圆圆走过来，便摘掉耳机，朝她笑。苏圆圆道："打电话啊？"庞鹰嗯了一声。苏圆圆道："男朋友是吧？继续继续。"随即走了过去。

晚上，苏圆圆向佟承志要身份证："填什么女职工表格，要配偶的身份证复印件。"佟承志哦了一声，去包里拿皮夹，一摸，吃了一惊："我的皮夹呢？"急急地在包里翻了一通，随即一脸沮丧："皮夹没了——"

苏圆圆朝他看。佟承志哎了一声，又去衣服口袋里摸，把口袋一个个摸了个遍。苏圆圆看了一会儿，去卫生间刷牙。出来时，见他还在找，忍不住道："实在找不到就别找了，再找也不会变出来。"佟承志懊恼地道："钱丢了倒也算了，可还有身份证和那些银行卡呢，补办起来麻烦得很。"苏圆圆嘿了一声："谁让你不小心。话说回来，你自己开车，又不是挤公交地铁，皮夹怎么丢的呢？"佟承志悻悻地一拍脑袋，道："天晓得了！"苏圆圆笑笑，说声"糊涂蛋"，拿遥控器开了电视。

半夜里，苏圆圆轻轻起床。旁边，佟承志已睡熟了，打着鼾。苏圆圆在床头柜上拿了他的手机，走到阳台上。她翻看他的电话记录，都是空的。还有短信，收件箱和发件箱也都清空了。苏圆圆心里哼了一声，找出高丽华的号码，发了条短信过去："我身份证不见了。"一会儿，高丽华回道："姐夫，你是不是发错了？"苏圆圆沉吟着，在阳台上站了一会儿。忽地心念一动，找到庞鹰的手机号码，把刚才那条短信又发了一遍。

很快地，庞鹰回了个短信："你真聪明。"

苏圆圆一看，整个人愣住了。她握着手机，反反复复地想了一遍又一遍。夜深了，远处灯光大多已暗了，只剩下一星半点儿的，似是给这黑夜留些亮，可以把一些东西看得清楚些。

第二天上班，苏圆圆约了人力资源部的小赵一起吃饭。小赵是她中学同学，同一年进的单位，关系很好。苏圆圆问她："欧洲分行的那些竞聘表格是不是还在部里？"小赵说："是。"苏圆圆便笑笑，道："可不可以帮我个忙？"

苏圆圆回到办公室，坐下。一会儿，庞鹰也吃完饭进来，问她："苏姐，我去拿咖啡，要不要帮你拿一杯？"苏圆圆道："好啊。"庞鹰转身出去，拿了两杯咖啡进来。苏圆圆说声"谢谢"，接过，手一抖，整杯热咖啡倒在庞鹰身上。庞鹰啊的一声，烫得跳起来。苏圆圆说声"对不起"，拿纸巾给她擦拭，道："烫坏了吧，真是不好意思。"庞鹰说："没关系，我去卫生间洗洗就行了。"她一抬头，瞥见苏圆圆盯着自己，神情有些古怪，像是幸灾乐祸，隐隐地，又透着些凶狠，不由得一怔。两人目光相接。眼里有什么东西倏地闪过，只是短短几秒时间，便似隔了几千几万重山，庞鹰感到一股寒意从背上一点点冒出来，起初是冷汗，慢慢地又结成一粒粒的冰珠，直渗到身体里。她心里咯噔一下，有什么东西似是断了，直落下去，猝不及防地。脸上却微笑了一下，从苏圆圆手里接过那只倒空的杯子，扔进垃圾桶。

欧洲分行的第一批候选名单出来了，只剩下报名人数的四分之一，筛去了一大半。接下来是复试，也就是领导面试，每人三分钟的自我陈述。

庞鹰接到通知，周四下午两点半，在大会议室。还有高丽华。庞鹰放下电话，对苏圆圆道："苏姐，后天下午我和高丽华复试，就是欧洲分行那件事，跟你说一声。"苏圆圆哦了一声，淡淡地道："好事啊。恭喜你们了。"

复试那天，庞鹰和高丽华去大会议室。进去时，已坐满了人。领导坐第一排，面前放着评分表。抽签决定顺序。庞鹰抽了第十号，高丽华是二十一号。一会儿，便开始了。复试者一个一个地上去。大多先介绍一下自己的学历、能力，还有就是抱负、理想什么的。很快轮到庞鹰，她上台去，把学历和证书简单说了一下，接着便是自己的想法。她不说空话，列了几条实际而精准的构思，一针见血，态度又谦逊，台风也好。她瞥见下面人的神情，便晓得自己一番准备没有白费。结束时，掌声很热烈。庞鹰走下来，高丽华道："你要是去竞选美国总统，奥巴马一定输给你。"她笑了笑。又过了一会儿，轮到高丽华。她上台去，鞠了个躬，接着开始讲——竟然是英语。庞鹰不由得一怔。她的英语发音很好听，也很流利，显然功底不一般。换了庞鹰，也未必有一口这么漂亮的标准牛津音——庞鹰是真的吃惊了。

庞鹰眼睛眨也不眨地看着台上的高丽华，像看着一个陌生人。听她介绍自己，有注册会计师证、审计师证、微软计算机证书、高级口译证书……忽地想起前阵子，她问自己借《汉英字典》填表格的事，当时还觉得可笑，想，这么简单的单词都要查字典，还欧洲分行呢？现在想来，可笑的竟是自己，有眼不识金镶玉了。又想起她坐的那张桌子，当年是蒋莹的，靠着门，都说靠门的座位最危险，其实不然，反倒是视觉盲点，做些什么别人都看不见。谁也想不到，这么爱打扮、整天只谈化妆品衣服的女人，原来这么优秀——还真是视觉盲点。

高丽华讲完了，下台来，问庞鹰："我讲得还行吧？"她这么随意地问来，庞鹰便也笑笑，道："好极了，你才该去竞选美国总统呢。"两人都笑。

晚上，庞鹰下了课，走出来，佟承志等在校门口。她见了他，便道："去酒吧喝两杯怎么样？"佟承志有些意外，道："怎么想喝酒了？"庞鹰道："也不晓得怎么回事，反正就想喝两杯，酒瘾上来了。"她说着一笑，拉着佟承志上了出租车。两人到了茂名路上的一个酒吧，走进去，里面有几个外国调酒师。灯光很暗，影影绰绰的。两人到角落的位置坐下。庞鹰拿着酒单看了半天，问他："别人来这里都喝什么酒？"佟承志笑道："随你，喝什么都可以。"庞鹰便点了杯鸡尾酒，叫"玛格丽特"。一会儿，端上来一杯深蓝色的东西，像海的颜色。她喝了一口，顿时呛得咳嗽起来，"这么辣——"她道。佟承志笑笑，告诉她，这酒是拿龙舌兰、橙酒和青柠汁调的，"因为有龙舌兰，所以入口很辣，你喝慢一点儿，会觉得有果味，很清新的。"庞鹰依言，慢慢地喝了一口，果然好多了。

庞鹰喝完，又要了一杯。佟承志说："鸡尾酒有后劲，小心别喝醉了。"庞鹰道："喝醉就喝醉，反正有你在。"佟承志笑道："不怕我把你卖了？"庞鹰问："怎么卖，卖多少钱？"佟承志道："你这么瘦，反正不会论斤卖，拿到多伦路，当宝贝卖，心肝宝贝。"庞鹰一笑。两人边喝边聊，不知不觉，便到了十二点。佟承志看表，道："走吧，我送你回去。"庞鹰脸红红的，拉住他的衣角，道："再坐一会儿。"佟承志在她头上轻轻一拍，道："好女孩儿不可以这样，走，回家。"他搀起她，走出酒吧。到了外面，凉风吹来，庞鹰忍不住嗞的一声，把衣服裹紧些。佟承志伸手把她揽在怀里，问：“这样是不是好些？”庞鹰嗯了一声，也抱紧他。佟承志抚着她的头发，开玩笑道：“今天很嗲哦，是嗲妹妹。”庞鹰把头埋在他怀里，轻声道：“不想回家了。”佟承志闻言一怔，朝她看。庞鹰也朝他看。月光下，她的肌肤像细瓷那样无瑕，五官都似泛着光。很美。佟承志望着她，半晌，再次把她拥入怀里。

两人进了附近一家宾馆。走进房间时，庞鹰的身体微微抖了一下。佟承志察觉了，问她：“怎么了？”庞鹰不说话，踮起脚，在他唇上吻了一下。脸立刻红了。佟承志勾起她的下巴，回吻她，吻她的鼻尖、嘴唇、头颈。她的唇有点儿冷，她的头发像丝缎那样又柔又滑，她的眼睛，黑珍珠似的，闪着光，里面有他的影子，完完整整的。夜很静，静得只听得见心跳的声音，一下、两下、三下，竟是越跳越快，像戏台上的鼓点，又急又密，催着演员上场；又似是选手的脚步声，快到终点了，冲刺的那刻。这样的一个夜，是该发生些什么了。

他抱起她，走向床。庞鹰一手勾着他的头颈，另一手拿着微型摄像机——做成润唇膏的模样，日本货。倒在床上时，她把它放在床头柜，按下开关，对着床。昨天，她从崔海手中接过这东西，很有些不情愿，脸色也变了。崔海劝她：“小庞啊，你是鹰，早晚要飞上天，叔叔借你一阵东风，让你飞得更快更高。”庞鹰没说话，心里很乱，线头缠成一团了。崔海告诉她，她的表格被苏圆圆偷偷撤了下来，要不是他，她根本进不了复试。“苏圆圆是多么精明的女人，现在肯定在怀疑你是我的人了，过不了多久，佟承志也会晓得。小庞啊，你没退路了，后面是悬崖，是绝路，往前走，前面就是金光大道，向着太阳的，你爸妈在安徽都等着呢，等着享晚福。”庞鹰知道，这番话，每个字都是双刃刀，两边都擦得雪亮，碰一碰便要受伤。不是这边受伤，便是那边受伤。血会顺着刀刃流下来，一滴一滴，还没觉出痛来，已是奄奄一息了。

佟承志的吻，温柔而深情。已婚男人的经验，让他沉稳，循序渐进，却又不失意味。他是很懂得心疼人的，小心翼翼地进入她的身体，让她几乎没感觉初夜的不适。两人似是有一种与生俱来的默契。庞鹰闻到他身上的味道，忍不住便要落泪。他的微笑，像五月里阳光那般和煦。他讲话的声音，有着某种磁性，让人说不出的舒服。她对自己说，他其实算不上好男人呢，背着老婆偷情，坏家伙、坏家伙、坏家伙。可不知怎的，她的心里有他，很深的一块印记，也不知是什么时候烙上的。她试过想把它抹去，可它连着心连着肉，一碰就要伤筋动骨。一点儿办法也没有。认命了。

庞鹰伸手到床头柜，摸到那东西的尾部，是开关。她按下它，关了。那一瞬间，她晓得，她不只关了它，还关掉了一些别的，眼前的将来的，一生一世的，永永远远的，也许再也开不了了。只是那么轻轻巧巧的一下，便似亲手拉上了那道幕布，戏下场了，演员谢幕了，幕布后的世界，这辈子该是再也触不到了。她鼻子酸酸的，像是伤心，又像是激动，自己也说不清。心倒是一点点平静下来。她看向窗外，树叶的影子微微晃动，远处似还有蛙鸣的声音。已过了立夏了。时间过得真快，转眼，大学毕业就快一年了。

佟承志觉出身下的女人扭动着身子，有些疯狂。那样文静的女孩儿，原来还有这么一面。他倒成被动的了。他觉得诧异，又有些喜欢。她缠着他，一次又一次。她的汗，与他的黏在一起，炽热得很，都快成沸水了。人也要融化了。

也不知过了多久，庞鹰搂紧他，在他耳边说了句："我喜欢你。"

佟承志在她唇上亲了一下，柔声道："小傻瓜，上海人不说'喜欢'，说'欢喜'。"

"我——欢喜你。"她道。与此同时，眼泪悄无声息地流了下来。

八

分行年底的尾牙酒会，在某五星级酒店的宴会厅举行。

蒋莹的儿子已满月了，崔海夫妻带着他参加酒会。小毛头长得白白胖胖，很可爱，大家见了都争着抱。苏圆圆一身盛装，勾着佟承志的臂弯，笑吟吟地到处敬酒。敬到崔海那桌时，蒋莹到卫生间喂奶去了，崔海一见佟承志，便笑道："佟副总来了。"佟承志忙道："还是叫名字吧，都是老同学，叫得我脸都红了。"崔海道："该叫什么就叫什么，这是体统，我们不能乱了体统，啊，哈哈！"伸手在他肩上拍了拍。

旁边有人叫佟承志，他过去了。只剩下崔海和苏圆圆。崔海朝她看，笑道："副总太太，今天很漂亮啊。"苏圆圆道："没你家蒋莹漂亮，人家都说，初为人母的女人是最漂亮的。"崔海道："都是托您的福，母子平安。那几斤燕窝补得到位，我儿子皮肤白得像刚磨好的豆腐。"苏圆圆道："平安就好。恭喜你有儿有女，事事顺利。"崔海道："谢谢谢谢，顺利倒还算顺利，亏得我老婆傻归傻，关键时刻还晓得分寸，你教她的那些好方法，她都一五一十告诉我了。你也晓得她那个人，傻大姐一个，也分不清谁好谁坏，老巫婆给她个烂苹果她就当成仙女了，哈——"他说着一笑。苏圆圆也跟着笑。

庞鹰拿着酒杯，从面前过去。苏圆圆见了，对崔海道："你啊你，放了只老鹰在我身边。我还一直以为是只小鸡，差点儿被她啄一口。"崔海道："你不也弄了个高美人给我？大家彼此彼此。"苏圆圆道："老崔，你很有艳福。"崔海道："你们家佟承志也不差，老牛啃了回嫩草，啧啧。"旁边人走过，见两人笑容可掬，都当他们在闲话家常。苏圆圆又道："听说她要辞职？"崔海嗯了一声，道："好像跟男朋友去福建。嘿，也不晓得干什么，难不成去当蛇头？"苏圆圆叹口气，道："很聪明的一个人呢，可惜了。"崔海道："是很聪明，可惜没有聪明到家。已经蹚了浑水了，就别想干干净净的，嘿，又要讲心讲情，又要名利双收，天底下哪有这样的便宜事，是不是啊，副总夫人？"苏圆圆道："你这话该早跟她说呀，你这个老师啊，满肚皮为人处世的道理，却不会教学生。"说着，抿嘴一笑。

高丽华款款走来。她已接到调令，年后就被派去欧洲分行。她与苏圆圆碰杯，道："苏姐，我敬您。没有您，就没有我。"苏圆圆道："到了欧洲，要好好干。"高丽华嗯了一声，又转向崔海："崔处，我也敬您。"崔海与她碰杯，道："恭喜你了，前程似锦。"她甜甜一笑，道："谢谢崔处。"

高丽华与庞鹰坐在一起，说起她母亲的裁缝铺："我妈在火车站那边租了家门面，比以前大多了，有空去光顾，可以打折的。"她说着，拿出一张名片，店名叫"小鱼"，旁边印着一条小鱼，便是那些衣服袖口上的图案。庞鹰接过，说声"谢谢"，又道："还没恭喜你呢。"高丽华一笑，道："有什么好恭喜的，是去工作呀，又不是移民。"

庞鹰起身去卫生间，在走廊里遇到佟承志。两人停顿了一下，佟承志没说话，转身便走。庞鹰呆了半晌，缓缓地走进去。洗手时见到镜子里的脸，有些憔悴。她想，不晓得他看出来了没有。这么想着，又觉得自己实在忒傻。一会儿出来，到餐台上走了一圈儿，拿了些姜葱炒蟹，回到位置上坐下，正要吃，耳边听见有人说：“别吃，会过敏。”她霍地抬头，却是空空如也，没有人。

她拿起筷子，夹了一块蟹，正要往嘴里送去，一瞥，见佟承志在不远处望着自己。她筷子一松，蟹掉在盘子里。再看去，佟承志还站在那里，动也不动地。庞鹰鼻子一酸，忙把额前的刘海往后捋去，怕人看见。想想还是不妥，索性站起来，换了个角落里的位置。坐下来，怔怔地夹了块蟹放进嘴里，嚼了几口，只觉得木木的，一点儿味道也没有。

忽地，一块蟹壳卡在她的喉口，她大声咳嗽起来，一边咳，一边拍打着胸口——真是卡得很厉害呢，她不住地咳嗽，涨红了脸，一会儿，竟连眼泪也跟着流了下来，大颗大颗的，像珍珠断了线，止也止不住。一边咳一边流泪，亏得是坐在角落里，不甚起眼。偶尔走过一两个人，见了她，还以为她真的哭了，想这女孩儿哭得这般伤心，也不晓得是怎么回事。傻了似的。

规 则 人 生

一

朱玫接到姐姐朱慧那个电话时，就隐隐猜到了是什么事。

半小时后，她到了姐姐那里。姐夫高怀德也在。叮叮在睡午觉。姐姐为她冲了杯咖啡。其实她从不喝咖啡的，会胃疼。但她还是礼貌地拿起来，喝了一口。明明是在自己家，姐姐和姐夫神情却都有些拘谨，对着朱玫，像做错事的学生对着老师。

"玫啊，"朱玫从来搞不清姐姐叫的到底是"玫"还是"妹"，"叮叮——"

朱玫脸上带着笑，一颗心却提起来。看着姐姐的嘴，正如眼睛看到的东西会有叠影，此时此刻，姐姐嘴里说出来的话，也有叠声。一个字套着一个字，听着头晕。

"叮叮——要不就给我们吧。"姐姐终于把那句话说出了口。

朱玫感到身体里有什么东西嘣的一声，断了。她努力不让笑容黯淡下去。这是个微妙的时刻，如果不笑，那就是准备翻脸了。可如果笑得太灿烂，那姐姐也会担心她是不是疯了。人家要的不是钱，不是东西，是叮叮——她十月怀胎生下的儿子，是她身上掉下的肉，她的宝贝。朱玫觉得脸上肌肉有些僵硬，如果手头有面镜子，她很想看看此刻自己的表情，会是怎样一副怪相。

“哦——好啊。”朱玫故作轻松的声音，听着别扭极了。

姐姐走上前，激动地与她拥抱。她能感觉到姐姐把眼泪鼻涕都擦在她衣服上。其实哭的应该是她，但她一点儿也哭不出。堵住了。半晌，她机器人似的举起手，在姐姐背上拍了两拍。

过继手续很简单。姐姐和姐夫都年满三十，有医院开具的不能生育的证明。收养的又是三代内同辈旁系血亲，所以很顺利，半小时就完成了。朱玫在“送养人”一栏签字的时候，手有些抖，心头刹那间空了一块。放下笔，瞥见姐夫不易察觉地舒了口气。公证人对双方说了些例行公事的话，朱玫一句也没听进去，耳朵嗡嗡的。

叮叮只有四岁，所以不用到场。走出民政局大门，朱玫想说回去再看一眼儿子，忍住了没开口。刚签完协议，眼下是个敏感的时刻。姐姐是亲的，姐夫却是外头人。不会生孩子的是姐夫。老实巴交的本地人，没有子嗣是要命的，何况还是男人那方面有问题，更是了不得的事。朱玫知道这事其实是姐夫的主意。她是个不够尽责的母亲，考研这半年，叮叮基本上是姐姐带着的，出钱出力，比亲生母亲还到位。朱玫觉得，是自己一步步把儿子送入了姐姐姐夫的怀抱。这份收养协议，说到底，完全是水到渠成。

“带着孩子，你这辈子再找男人就难了。”

那天姐姐和她谈时，把这个理由放在头里说，是将她的军。姐姐知道她的个性，单亲母亲，含辛茹苦地独自把儿子带大，然后自己被岁月磨得失去光彩，转眼垂垂老矣——这不是她朱玫的性格。她是想活出些滋味来的。若不是这样，当初也不会跟了老赵。老赵比她大了二十多岁。她原先是想，有了孩子，尤其还是个儿子，这辈子应该无虑了。现在想来，她其实是有些冒险的，证都没领，便把叮叮生了下来。她原以为老赵是钻石王老五，谁知钻石倒是钻石，王老五却早不是了。他的原配在浙江某个地级市稳稳当当地过着日子，加上他分布在各个城市的女人，他一共有五个女儿、六个儿子。所以，儿子对他来说也不稀奇。这一切，都是老赵死后，她才清楚的。追悼会上，老赵的原配气势汹汹地杀到，皇后娘娘般威仪无限。她被打得措手不及。水晶棺里放着老赵生前的一套衣服。他连人带车跌进海里，葬身鱼腹，尸骨无存。浙江人到底还是老派，看在儿子的分儿上，她拿到了五十万。相对那上亿身家，五十万只是个零头。她跟了老赵五年，平均下来一年十万。朱玫都有些想笑了。

姐姐说了许多安慰她的话："说是给了我们，你想见就见，没人拦你。自己人，不比外头人，牢靠，肯定会对孩子好的，这你放心——"她知道姐姐的意思，其实是说她们姐妹俩自己。朱慧和朱玫是双胞胎，出生时便被遗弃，在孤儿院一直待到五岁。一对公务员夫妇领养了她们。几年后，疼爱她们的养父因病去世，养母随即把她们交给外婆抚养，自己改嫁。外婆——这个被称为"外婆"的女人，与她们并没有血缘关系，却对这两个女孩儿着实不错。姐妹俩平平安安地成长到十八岁，外婆寿终正寝。在孤儿里，她们算是运气不错的了。

姐夫想让叮叮改姓。姐姐把意思透给朱玫时，有些羞羞答答。朱玫爽快地答应了。孩子都让出去了，一个姓算什么。反正也不是她的姓。市区那套小两室，姐夫主动提出来让她住："想住多久就住多久，放心，没人管你。"姐姐又问她缺不缺钱。朱玫摇头。姐姐说："要是缺钱就开口。"她笑着点头，感觉像是在卖孩子。但怎么办呢，已经这样了，还是洒脱些好，免得大家尴尬。再说这套房子她也确实需要，前几年靠着老赵，吃穿不愁，都忘记出来讨生活是什么滋味了。考研是想往身上镀金，但情况也不乐观，一时半会儿肯定找不到合适的工作。外面租房子，像样点儿的都要两千以上。群租倒是便宜，但她行吗？一套百来平方米的房子，横七竖八地被隔成几十间，比火车上的铺位还要逼仄。她被老赵宠坏了，受不得这种委屈，这实在是要命的事。姐夫老实归老实，眼光也是毒的，看准了她朱玫走投无路，这时候提那事，十有九成。

房子是装修过的，家居设备一应俱全。事实上，这并不是姐夫在市区的唯一房产。几年前本地老宅拆迁，大大小小分了五六套房子。他没卖，统统放租，到现在市值已是相当可观。朱玫觉得，还是姐姐有福气，当初嫁给姐夫只是图个稳当本分，压根儿没想过别的，谁知竟成了不折不扣的包租婆。反倒是她，自以为很会为自己打算，现在却是一塌糊涂。

简单收拾了一下，朱玫从包里拿出叮叮的照片，看了一会儿，摆在床头柜上。

一下午都在上网。晚饭懒得打理，煮了包方便面。吃到一半，手机响了。她接起来："喂？"

"重回人间了？"电话那头是许智慧，大学里的室友，心直口快，热爱八卦。"这么多年，你去哪儿了？我们都猜你大概是嫁去阿联酋了，成了王妃什么的。"

朱玫向她解释，自己只是离开上海，到外地工作。

"什么工作这么保密，都不通知大家一声——间谍吗？"许智慧讲话总是略带刻薄。

"跟个朋友学做生意，全亏了，都不好意思说。"

“现在呢？”

“从头开始，找活儿干。”

许智慧说周末大学同学有个聚会，问她来不来。朱玫犹豫了一下，说好啊。

“沈以海升处长了，你知不知道？”许智慧问她，“三十岁就升处长，前途无量啊，我们班这些人，就数他最牛了。”

朱玫停了停，说：“我那天有事，还是不去了。”许智慧在电话那头咯咯笑起来：“就知道你会这么说——都这么多年了，还避什么嫌啊？”

她又说那天大家都是携眷出席：“你怎么样，男朋友还是老公？”

朱玫说：“没男朋友也没老公。”许智慧便有些吃惊，说：“不会吧，想当年你可是班花级人物啊。”朱玫说：“什么班花，都是菜皮了。”

周末聚会定在新天地的一家日式料理店。朱玫到得比较晚。走进去，大家已经开吃了。见到她，靠门坐的几个男生立即喊出声来：“哟，玫瑰来啦！”朱玫微笑抱歉，说路上有些堵车。大家要罚她酒。她再三讨饶，说要不我就喝一杯吧，多了可不行。

喝完酒，她依着许智慧坐下。一抬头，瞥见对面的沈以海，旁边坐着罗颖。朱玫对两人点头致意。罗颖说：“好久不见。”朱玫说：“是啊。”她说完别过头，与旁边几个同学打招呼。隔着桌子，能感到一阵炽热的目光，在自己身上流连。

许智慧提醒她：“老情人在看你呢。”她嘘的一声：“人家老婆在边上。”

几年不见，同学大多变了容颜，老的老，胖的胖。讲话也不再是过去那样诗情画意，而是简单明了直奔主题。彼此都知根知底，谁是官，谁是商，谁有钱，谁没钱，谁得意，谁失意——唯独朱玫是一团谜。容貌身材一点儿没变，只是打扮朴素，周身没有一件名牌。言谈举止和风细雨，棱角磨平了不少。许智慧早露了口风，说她生意失败，现在还是单身。因此好几个男生蠢蠢欲动，为她夹菜倒饮料，像蜜蜂绕着鲜花。

朱玫上了个洗手间，出来时碰到沈以海。他倚着墙，显然已等了一会儿。

“六年不见了，”他走近了，凑到她耳边，“我很想你。”

她嘴角挂着冷笑，并不停留，径直往前走。他跟着，中间保持着一小段距离。间或有同学经过，他礼貌地致意，落落大方地与朱玫寒暄：“你姐姐还好吧？”等人走开，他便又凑近了，问她：“这些年你干什么去了？我不信你真的是做生意。”

朱玫嘿了一声，停下脚步：“跟你说实话吧，其实我傍了个温州大款，当了小三，还替他生了个儿子。去年大款死了，我被大老婆赶出来，净身出户，你信不信？”

“好好说话。”他一副拿她没办法的口气。

“不信拉倒。”朱玫又要走，被他拦住。

他说他有个朋友开公司，缺个写写弄弄的文案：“是我兄弟，关系没得说。你要是同意，下周就过去，薪水我说多少就多少。”

朱玫摇头，有些嘲弄地说：“你就不怕被罗颖知道？”

“我不告诉她，她怎么可能知道！”他道，“再说她那人你也清楚，放一百二十个心。”

“不能欺负老实人。”她拒绝了，“都是同学，不兴这样。”

她回到座位。过了一会儿，沈以海才进来坐下，若无其事般。他还是和当年一样谨慎。席间有人问他和罗颖，准备什么时候要孩子。他回答：“现在物价这么贵，生个孩子养不起。”大家都说他矫情：“你要是养不起，那还有谁养得起？”

私底下，许智慧告诉朱玫，说这两人婚姻亮红灯了：“罗颖不是沈以海喜欢的类型，能撑到现在已经是奇迹了。罗颖父亲因为身体原因已经退下来了，要不是她爸爸，沈以海别说处长，弄不好现在连科长都没当上。说得难听点儿，她已经没什么利用价值了。”

“嘘——”朱玫提醒她，“别让人听见。”

“这又不是什么秘密，”许智慧压低音量，对她道，“这里谁不知道——你的初恋男友是个浑蛋，斯文败类。”

离开时，朱玫收到沈以海的短信：“等我十分钟，我送你。”她忍不住朝他看去——他正和几个男生商量着去酒吧再喝一杯，罗颖说要先走，他把车钥匙交给她，又说让她先睡。罗颖没有多说，只关照了句“别喝太多”，走了。经过朱玫身边时，她客气地说：“有空到家里来玩。”声音轻轻柔柔，一如学校里那样温婉。岁月并没有在她身上留下太多印迹，原本清汤寡水的眉眼，现在看来，反倒是多了些韵味。身材也没有太走样。学生时期的美丽，多半是天生而就，而随着时光的推移，陆续有些别的东西掺杂进来，比如环境、保养、心情。高干子弟的气质，还有与世无争的个性，让她有种别样的舒服感觉。

“好啊。”朱玫微笑着与她告别。

很快，男生们也相继离开了。沈以海夹在他们中间，举止毫无异样。朱玫把一堆名片放进包里，起身要走。有男生提出要送她，她婉拒了，说坐地铁回去很方便。许智慧约她下周末一起去逛街，她答应了。

走到地铁站，果然看见沈以海等在那里。也不晓得他是怎样摆脱那些人，抢在她前头赶到的。朱玫想装作没看见，又觉得这样也没啥意思，索性原地停下。沈以海走过来，问她：“怎么，不走了？”她朝他看：“请你别这样。”

“我怎样了？”

“你自己清楚——现在你这算什么，寻我开心吗？”

“我说了，我很想你。真的。”

朱玫不禁好笑："陈世美说很想秦香莲，谁会相信？你还是快点儿回去吧，公主娘娘在家等你呢。"

沈以海停了停："对不起。"

"没什么对不起的，"朱玫摇头，"你有你的自由，爱追谁跟谁结婚是你的权利。娶个公主，少奋斗十年，不是蛮好？所以去吧，侍候好你的公主，等着飞黄腾达。"

她快步走向闸机，拿出公交卡刷了卡。沈以海紧紧跟着，也刷了卡。两人一前一后走下电梯。地铁没来，朱玫挑了个位置站着，沈以海踱到她旁边。

"你还是老样子，"他道，"讲话不饶人。"

"我说的是实话。"

地铁来了。朱玫走进去，车厢里人不多，她走到角落站着。沈以海依然是站在她身边。她头朝向另一边，只当他不存在。地铁启动时，巨大的惯性让她站立不稳，差点儿摔倒。他扶住她，她触到他手心的温度，很快甩开，拉住旁边的扶手。

"你这个样子，让我很心疼。"他看着她，忽道。

"我怎么了？"她忍不住问。

"刚才吃饭的时候，那帮女人都在讨论美容健身还有化妆品什么的，只有你一言不发，很落寞的样子。你以前可不是这样。大学里就用全套雅诗兰黛，班上第一个买 LV 的人也是你。可今天从你一进门，我就看出来，你现在的处境很糟糕。”

她望向他，冷笑：“一边喝酒一边照顾老婆，一边还在观察以前的女朋友，累不累？”

“不用观察，一目了然的事情。”他道。

她笑容一下子消失，脸渐渐红了。

“什么意思，羞辱我吗？”她沉声道。

他连忙解释：“不是的——我只是替你担心。我希望你能过得好，希望你能像过去那样光彩照人。在我心目中，你才是公主。永远都是。”

朱玫嘿了一声，没说话。

“我会照顾你的，不管你有什么困难，只要你开口，我能做到的，一定帮忙。”

他再次劝她考虑那个工作：“我知道你在考研，可现在这个世道，博士生找工作都难。你也不是小姑娘了，又何必受那个罪。我把你当自己人才说的，朱玫，你不是读书的料，也不是能吃苦的人，就当给我个机会补偿当年犯的错，好不好？”

朱玫依然是不说话。下了地铁，她坚持让他回去。

“你要是再跟着，我就不走了，在这里站一晚上。你也知道我的脾气。”

他只好投降，原路返回。

回到家，朱玫给自己倒了杯水，手机响了，是沈以海的短信："是否平安到家？"她没理睬，把手机关了，扔在一边。她猜他多半又去了酒吧，这么早回去反而露马脚，他没那么傻。沈以海的保密功夫向来都是一绝。当年他偷偷搭上罗颖，如果不是他自己坦白，她也许一直都蒙在鼓里。那时他比现在清瘦得多，书生气很重，学生会主席的位置让他有机会接触到很多人。罗颖与他同届不同系，长相普通举止低调的女生，很容易湮没在人群里，可他硬生生从无数优秀的女生中发现了她，沙里淘金般不易。

朱玫记得，他向她提出分手的那天，窗外淅淅沥沥下着细雨。他很严肃地说他和罗颖在一起了。初时她还以为他在开玩笑，没当回事。他把他和罗颖的合照给她看——两人抱在一起笑得很甜——她才知道这是真的。那阵子真的很难熬，人像死了似的，比老赵的死对她的打击还大。对他，她是用了真感情的。这段维持了三年的大学恋爱，就这样以失败告终。

许智慧以为在朱玫"失踪"了六年之后，她是第一个联系她的大学同学。其实不是。早在一个月前，朱玫就约了个关系很好的师妹出来喝茶，这人甚至比许智慧还要八面玲珑，对校友们的情况了如指掌。因为这个，朱玫才能抢在同学聚会前，让许智慧"发现"了她，顺理成章地出现在众人面前。

为了这次久别重逢，她花了些心思装扮。干干净净是必须的，不能让男人看轻；妆不能不化，粉底用象牙白，不打腮红也不涂口红，透着些憔悴才好；首饰只是一根简单的项链，不镶钻石；名牌皮包和衣服那就更不必了。老赵不是个小气的人，原配娘子也没有赶尽杀绝，老赵送她的爱马仕皮包和蒂芙尼项链，都好好地在柜子里躺着呢。只要她愿意，完全可以打扮得像个贵妇，但没必要。让老同学们去争奇斗艳吧，她只需要让沈以海心生愧疚就可以了。楚楚可怜永远都是女人的“必杀技”，何况她的处境也确实不佳。她需要一份不错的工作，还有后半生的依靠。沈以海说得没错，她不是读书的料，也吃不起苦。但她漂亮，关键时候也肯动些脑筋。三十岁的女人，该到了为自己打算的时候了。

再打开手机时，跳出来一串短信，都是沈以海发的：“怎么不回答？”“为什么关机？”“到家给我电话。”“我很想你，想得不得了。”“你准备一辈子都关机吗？”……朱玫觉得，比起当年，他更像个毛头小子了，竟这般沉不住气。

她不让他送她回家，他便无从知晓她的住址，但他迟早会知道。她和许智慧已重拾当年友谊，那个大嘴巴，又有什么东西是藏得住的呢？她等着，沈以海应该很快就会出现在她家楼下。这就是游戏规则。当年失去的，如今该还给她了。

二

朱玫第一天上班，沈以海亲自领着她去见老板。

“我大学同学，罗颖的好朋友。”他这么介绍朱玫。

老板连说“明白”。他亲自把朱玫迎进去，安置在一间独立的办公室，很宽敞，环境也好。他甚至问朱玫需不需要个秘书。朱玫有些吓到了，连说不用，谢谢，谢谢。

“有什么要求尽管说，沈处的朋友，就是我的朋友，绝对照顾好，”他转向沈以海，讨好的口气，“要不，中午一起吃个饭？”沈以海嘴巴朝朱玫一努：“她去我就去。”老板笑着问朱玫：“赏个脸吧？”朱玫不说话，朝沈以海斜了一眼。

午饭就在公司旁边的苏浙汇。清蒸鲥鱼、越式牛肉粒、蟹粉生煎，开了瓶红酒。朱玫上了个洗手间，回来时在门口听老板问沈以海：“真是罗颖的朋友，不是你的？”沈以海笑而不答。老板嚷着：“不承认是吧，那我自己去问罗颖——”

朱玫走进来坐下。老板问她：“听说朱小姐还有个双胞胎姐姐？”朱玫嗯了一声。他又问：“也和你一样漂亮吗？”朱玫笑笑：“我和我姐其实长得不太像的，是异卵双胞胎。”

一会儿，老板出去接个电话，留下沈以海和朱玫两人。沈以海凑近她：“你刚才的意思，是不是说你姐姐长得没你漂亮？”朱玫没理他。他道：“等哪天有空，约她一起出来喝茶，都几年没见了。”朱玫嘿了一声：“我姐姐很疾恶如仇的，当心她在你茶里下老鼠药。”沈以海笑道：“你姐姐可不是你，没这么暴力。”

说是上班，其实就是喝茶看报纸上网。轻松得过了头，也是一种煎熬。好不容易到了下班时间，走出来，远远看见沈以海等在门口。立刻躲到一边，从后门走了。

地铁里，朱玫接到他的电话："你人呢？"

她告诉他，她已经快到家了。

"你什么时候走的？我一直在大门口，没看见你啊。"他有些惊讶的口气。

"我也没看见你啊——咦，真是奇怪了。"

"到家给我电话。"

"哦，好吧。"

朱玫忍着笑，挂掉手机。一抬头，竟瞥见沈以海坐在对面，似笑非笑地看着她，不由得愣了一下。沈以海走近了，在她旁边位置坐下。

"捉迷藏吗？"他道，"最近因为你，我老是坐地铁。"

两人一起吃的晚饭。沈以海聊起当年校园的事情，说第一眼看见她，就喜欢上了她。那天她穿一条白裙子，走在林荫小道上，阳光从树缝里淅淅沥沥地漏下来，她浑身都是金色的小圆圈——"漂亮极了，"他道，"我从来没见过像你这么漂亮的女孩儿。"

"可你后来还是甩了我。"朱玫煞风景地提醒他。

"这是两码事。"他落落大方。

朱玫问起他这些年的情况。"一帆风顺啊，"她开玩笑，

“罗颖爸爸退休了也就是个局长，我看你四十岁就能当上局长，退休时都可以当部长了。”

他笑笑，把话题岔了过去。其实朱玫很想知道他和罗颖的事，传言听得多了，但从未经本人证实过。沈以海似乎不愿多提罗颖，每次说到她，总是轻轻巧巧地带过去。不褒也不贬，仿佛她不存在似的。他不提，朱玫也不便多问。

买单时，朱玫掏出皮夹要付钱：“谢谢你给我找到工作——”这个理由冠冕堂皇，但还是被他拒绝了。他很大男子主义地推开她的手，把信用卡交给服务员：“让女人买单，这种事情我做不出来。”朱玫笑笑，没坚持。其实大学里他并不像现在这么绅士。他家里条件不好，几乎没有零用钱。朱玫是孤儿，比他情况也好不到哪儿去。可她有门路弄到钱，比方说当平面模特、到 KTV 伴唱、推销保险等。那时吃饭多半是她买单，她还常给他买衣服、书籍。那场恋爱仅仅从物质上讲，也是她付出得多。

她依然是不让他送她回家。他同意了。其实从她接受他安排的工作那刻起，他便有些笃定了。他猜她会给他一次机会，也是给她自己。这些年他约会过的女人不止她一个。但毫无疑问，她是最让他牵挂的。那段戛然而止的恋情，让他遗憾到现在。同学聚会那天，看到她的一瞬，他是真的有些激动了。她身上有股磁力，一下子便把他吸了过去。

朱玫回到家，便给姐姐发了个短信：“我星期六过来，方便吗？”本来想打电话，又觉得还是发短信更合适些。到底是自己姐姐，要留给她拒绝的余地。不知是不是自己太敏感，这几次过去，都觉得姐姐跟以前不一样了，只要她一靠近叮叮，姐姐便在旁边跟着，防贼似的。这些都在意料之中，只是没想到这么快，连留她吃饭都是敷衍的口气。

姐姐果然说了个不方便的理由——“要去你姐夫的爸妈家。”朱玫差点儿想说：“星期天呢？”到底是忍住了。否则就变成不识相了。

朱玫等在幼儿园门口，远远地看见叮叮走出来，迎上去，叫：“叮叮——”叮叮看见妈妈，开心地扑了过来。谢天谢地，孩子是四岁而不是四个月，否则她就真的彻底失去他了。朱玫一回头，瞥见朱慧朝这边走来。她抱起儿子，叫了声“姐姐”。

朱慧穿着家居服，幼儿园离她家只有两百米远。办了领养手续没几天，叮叮便换了幼儿园。“还没来得及告诉你。”姐姐的脸色有些尴尬。她显然没料到会在这里看到朱玫。

朱玫笑笑。昨天她也去看叮叮，可是扑了个空。以前那家幼儿园的老师跟她关系不错，告诉她叮叮转园了。于是朱玫今天便来到这里。她果然没有猜错。离家近，街道办的幼儿园，师资不怎么样，硬件设施普通。像姐夫那样的本地人，讲究孩子吃饱穿暖，对教育尤其是早教并不十分放在心上。朱玫做出完全不介意的样子，与朱慧说起叮叮最近好像胖了：

“姐姐你给他吃什么好东西了？这样下去可不行，将来减肥麻烦了。”

朱慧拿了块巧克力，亲亲热热地塞进叮叮嘴里：“减什么肥，又不是女孩子。”

她又问朱玫最近怎样：“新工作还适应吧？”朱玫笑了一下：“我那份工作，就算是白痴也能胜任。”朱慧提醒她：“别因为这个，就跟他纠缠不清。你是吃过亏的。”

朱玫嗯了一声。

朱慧说要给她介绍男朋友：“我帮你物色了几个，你邮箱没变吧，我把资料发给你。”姐姐的口气有些公事公办。朱玫说好的。朱慧接下去便没话了。朱玫有些不舍地捏了捏叮叮的脸。如果放到以前，姐姐多半会邀请她回家吃饭。可现在没有，她甚至是逃也似的拉着叮叮离开了，干巴巴地留下一句：“有空过来玩。”

回到家，朱玫看到了姐姐发来的邮件。若干个男人的资料，附照片。有未婚的，也有离婚未育的。从这些资料上看，姐姐颇费了些心思，很客观地权衡了朱玫目前的情况，为她打了个综合分，从而物色了这些与她综合分近似的男人。这里头有小老板、金融业者，还有公务员。基本上有房有车，收入稳定。并且有着惊人的相似点——都是家在外地。当然也不太远，昆山、无锡、苏州……离上海不超过三小时车程。

意料之中的事。到底是自己姐姐，总算是江浙一带，没有挑新疆青海的。

朱玫拿起床头叮叮的照片，端详了半天。小孩儿都是喜新厌旧的，何况是她这个向来不怎么称职的妈。她有些伤感地抚摸着照片上儿子的脸。下午接叮叮时，她带了儿子最爱吃的比利时巧克力，但看见姐姐拿出来的是普通德芙，便又缩了回去。没必要让姐姐难堪，再说男孩子也不该太娇惯。去年小家伙过三岁生日时，老赵在五星级酒店给他办了个派对，礼物是一套进口遥控赛车，有赛道的那种——这种日子一去不复返了。姐夫不是老赵，姐姐也不是她朱玫，舍得花三位数给孩子买巧克力。姐姐姐夫都是踏踏实实过日子的人。从这点上讲，孩子给了他们，说不定反而是好事。

周日，朱玫到附近银行交水电煤账单。人很多，前面有二十来个号。她掏出手机玩游戏。一会儿，电话来了，是沈以海，问她晚上有没有空，一起吃个饭。她说下雨天懒得出去。“那我过来接你。”他说，“吃你最喜欢的日本菜。”

她答应了。挂掉电话，看电子屏幕，号码纹丝未动。于是继续埋头玩游戏。

“小姐，这个号给你。”旁边有人说话。

她抬起头，先是看到一只手，两根手指夹着一张等号单，接着是手的主人——棱角分明的脸，眉宇间不失英气，胡须刮得很干净。深啡色的夹克，里面露出雪白的衬衫领口。她不由一怔。男人解释道：“我刚才不小心拿了两个号，这个给你吧——还有一个就轮到我了。你在我后面。”

朱玫这才明白过来，说声“谢谢”，接过。电子屏幕开始跳号，男人走了过去。很快，又轮到了朱玫。刚好是那男人旁边的柜台。走过去，与他目光相接，朱玫礼貌地笑了笑。男人报以微笑。

套近乎的男人。多年来，朱玫早习惯了陌生人的示好。大厅里有那么多人，偏偏他把号给了她。朱玫很快办完了。走到门口，听到后面一阵脚步声，节奏有些欢快。

“哎——小姐！”

果然没错。朱玫回过头，看他。男人顿了顿：“这个——你的包拉链没拉好。”

她一愣，看去，提包果然敞开着。“谢谢啊。”她把拉链拉好，“不好意思。”

“你一个女孩子，又是刚从银行出来，”他道，“安全第一。”

朱玫心里笑了笑。好久没听人叫她“女孩子”了。她又说了声“谢谢”，径直走了。隐约有种感觉，他一直跟在后面。转弯时，她朝后面看去，他果然在十米开外。

到了楼下，他依然是跟着。朱玫不禁有些反感了，想这人真麻烦。索性停下来，看着他，脸色不怎么好。男人走近了，迟疑了一下，从口袋里拿出钥匙，开了防盗门，随即用手撑住门，努嘴示意她先进。

轮到朱玫惊讶了：“你住这里？”

“我住你家楼上，前天刚搬来，”他自我介绍，“我叫邵昕。”

晚饭时，朱玫向沈以海说起楼上的新邻居：“他倒是知道我住在楼下，我都不怎么留意周围的人——”沈以海道：“美女都特别引人注意。”

他又问她：“帅吗？”她回答：“还可以，而且很有风度。”

“在漂亮女人面前，就算是瘪三，也会装得很有风度。”相比从前，沈以海讲话刻薄了许多，很不给人留情面。朱玫见过他和老板说话，说是朋友，但看样子应该不像。老板一口一个“沈处”，鞍前马后的，谦卑得过了头，而他则总是一副高高在上的样子，说话随心所欲，像上级对下级。

老板开给朱玫的薪水，她自己见了都难为情，可沈以海却置之淡然。“我给他的好处，就算比这翻个倍，也不过分。”朱玫问他是什么，他便不肯说了。其实就算他不说，朱玫也能猜到几分。她知道外面怎么称呼沈以海和他的同行——“土地爷”。手头一个章敲下去，那边就能听见哗哗的数钱声。沈以海说得也没错，那样规模的房产公司，白养一个闲人算什么，开个三五十万薪水又算什么。广东人说“湿湿水”，就是这个意思。

沈以海送了一件礼物给她。她打开，是一条白金脚链。

“把你的脚拴住，你就跑不掉了。”他有些暧昧地说。

他送朱玫回家，提出要上楼坐坐。朱玫没有反对。线扯得太紧，风筝容易断，见好要收。她说刚买了些不错的普洱：“领导同志应酬多，饭局多喝酒多，喝点儿普洱最好，能消食——你看你，跟大学时候比，腰身最起码粗了五寸。”她半是撒娇半是关心的口气。

“你怎么知道？你量过？”他笑得不怀好意。

刚进门，便遇见白天的男人——邵昕拎着一袋垃圾，走得有些急，差点儿撞到两人身上。朱玫吓了一跳。“是你？”邵昕看清是她，连忙道歉，“不好意思不好意思——”

朱玫说声“没事”，拉着沈以海便上了电梯。“就是他，白天银行碰到的那个。”她道。

“冒失鬼。”沈以海撇了撇嘴。

普洱的确不错，以至于沈以海喝了一杯又一杯。茶越喝越多，话越说越多，手脚也越来越不老实。朱玫指着墙上的挂钟，提醒他：“过十点了。”

“罗颖和同事去九寨沟了。”他朝她看。

朱玫哦了一声：“那，再坐一会儿吧。”

“坐一整晚，行吗？”他直截了当。

沈以海一直“坐”到早上才走。朱玫去小区门口买豆浆油条，回来时，他还没醒。男人上了三十就不再年轻了，稍一折腾就容易乏。朱玫拿着油条，调皮地点着他的鼻子，一下又一下。他霍地睁开眼睛，把她搂在怀里。

“今天调休算了。”他在她耳边撒娇，“我想再待一天。”

“行啊，你待着，我去上班。”她笑道，“你是领导，我可是小兵。”

“你是领导的领导。我什么都听你的。”他捏住她的下巴，轻轻摇了摇。

朱玫搭他的车去公司。路上，她说有个朋友的朋友，也做房地产生意，想买块地：“也不知道风声是怎么漏的，那人竟然知道我是你大学同学，多半还知道我们谈过恋爱——你别为难，行就行，不行我马上回了他。”

“如果不是关系太近的，没必要惹这麻烦。”

“明白。”朱玫点头。

停了停，沈以海问她：“晚上再来接你好不好？”她反问：“罗颖什么时候回来？”

“早呢，还有三天。”他朝她笑。

有同事到香港出差，朱玫托她买个卡地亚的男装手表。“买给男朋友啊？”同事问她。她微笑不语。“那你算是大方的。”同事评价。

连着三天，沈以海都在朱玫家过夜。其间罗颖打来过电话，应该是问家里怎么没人。他回答：“加班。”朱玫发现这男人是有些欺人太甚了。这么粗糙的借口，连编个像样点儿的谎话都不愿意，也只有罗颖那样的女人才能忍受。朱玫问他："万一被她发现，怎么办？"

"那就离婚。"他轻轻巧巧地说，"再跟你结婚。"

朱玫心里嘿了一声。她才不会把男人在床上的许愿当回事。她猜他和罗颖应该很久都没那事了，以致他有些急吼吼得过了头，连老赵都不如。老赵在床上还是相当怜香惜玉的，上了年纪，难免稍有些力不从心，但底子摆在那里，五个女儿六个儿子的爸，十来个情妇的男人，二十岁不到就结婚有了娘子，练的是童子功。

周末，沈以海总算是回去了。朱玫有晨跑的习惯，隔了三天，又恢复正常。

沿着门口的林荫小道，跑了一半，迎面撞上邵昕。"朱小姐——"不经她同意，便自说自话地调整方向，与她并肩跑着。朱玫拿掉随身听的耳机，懒洋洋地说声"你好"。

"天天跑步啊？"他问。

她嗯了一声。

"看得出。"是句精简的恭维话。

朱玫嘴巴一撇，笑纳了。她故意放慢脚步，希望他能跑到前面去，可他的节奏总是与她一致。她索性停下来，往相反的方向跑去。他总算识相，没再跟上来。

她状态不错，跑了差不多有两公里。回到楼下，远远看见邵昕在那里压腿，做伸展动作。她慢腾腾地过去。他朝她挥手："跑完啦？"

“嗯。”

“我这人走路有些重，”他没头没脑地，“没吵着你吧？”

她一怔，隔了半晌才反应过来：“哦，没事，楼上挺安静的。”

见她要走，他快速地递过来一张名片：“我也不是经常住在这里，万一我不在的时候，楼上漏水了或是着火了，就打我电话。”

朱玫接过，啼笑皆非。硬塞名片的事她也碰到过，但这样莫名其妙的借口，还是第一次听到。她忍不住道：“万一着火了，打你电话也没用，直接打 119 了。”

他一想也是，笑笑，有些尴尬。朱玫把名片放进口袋，说声“再见”，上楼了。

趁着天好，把被套床单拆下来洗。她有些洁癖，沈以海身上那股酸腐的肉呷气，她受不了。忙了一上午，阳台上晒得满满的，倒把太阳挡个严严实实。她给自己泡了杯茶，坐下来看报纸，一瞥眼，见到茶几上的名片：“邵昕，嘉兴市公安局技术科，软件工程师”。

年龄相仿，江浙一带，工作稳定。

楼上房子的业主也是姐夫，当初为了放租，便没有上下打通。朱玫猜想这人应该是姐姐精心挑选的，硬生生地搬到了她楼上。短短几天，便巧遇了三次。原来人生真的是舞台，做人跟做戏差不多。早上，她远远看到他在那里原地打转，见她来了，便做出跑步的样子，若无其事地过来——二战时，德国人的雷达不如英国人，信息晚了，难免被动。他视力不及朱玫，其实该戴副眼镜的。那才是追女孩儿的诚意。

朱玫站起来给茶杯续水，顺手把名片扔进垃圾桶。

三

许智慧找朱玫一起逛街。聊起朱玫的新工作，她问："当文案有意思吗，整天写写弄弄，不枯燥吗？"朱玫说还好。她又问："怎么不找沈以海呢，他有的是办法。"

朱玫笑而不答。她和许智慧的关系从来谈不上十分亲密，何况还隔了六年。从南京东路逛到南京西路，基本是只逛不买。许智慧挽着她的手臂，高跟鞋让她走路的姿势像是小腿骨折刚打完石膏。

喝下午茶时，许智慧说她最近在销售一个日本牌子的塑身内衣，叫迪娜魅。

"日本销量第一，刚刚引进国内，文胸内裤加高筒袜，一套五千多。"

"这么贵？"

"贵是贵了点儿，不过真的有用，日本人又不是傻子，否则哪来的销量第一？我跟你讲，现在还是直销价，等正式上了柜台，一万都不止。”

她问朱玫要不要买一套。朱玫笑笑，说再考虑考虑。

经过卡地亚专柜时，朱玫特意进去看了一眼。托同事买的那只男装表，标价为九万多。怕许智慧起疑，她又让店员拿了好几只女表出来试戴。许智慧一旁叫起来：“不得了啊朱玫，顶级名牌。”她笑笑，压低声音：“试戴又不要钱。”

与沈以海见面时，朱玫把那只卡地亚给他：“朋友的朋友让我给你的，我实在推不掉，你要是不收，我就再还给他。”沈以海嘿了一声。朱玫冷眼旁观，见他先是犹豫了一下，随即把表戴上，抬高手臂对着灯光，“这个表——”他沉吟着，“总得要十来万吧。”

“大概吧，”朱玫问他，“怎么样，收还是不收？”

他停了停：“你那朋友还说了什么？”

“那人倒是上路，说就算不帮忙也没关系，大家交个朋友。”

沈以海哧了一声，更像是自言自语：“交朋友？朋友那么好交啊？”

朱玫不说话，走到旁边倒茶。等了一会儿，听他咕哝“东西我收下了”，心里顿时一松，又折回去，担心的口吻：“不会惹麻烦吧，别因小失大。”他摇了摇手：“我心里有数。”

本来约好晚饭出去吃，可朱玫说要亲自下厨，又说外面吃不安全，万一碰见熟人那就尴尬了。“我是无所谓，孤家寡人一个，你沈处可不一样，是重点保护对象。”她又问他，“晚饭想吃什么？”他有些暧昧地指了指她的鼻子：“吃你。”她笑起来：“我可不行，肉老得都煮不酥了。”

朱玫在厨房择菜，听见沈以海在客厅给罗颖打电话，说晚上要陪领导，让她自己吃。电话那头应该是叮嘱了两句，类似于“少喝点儿酒”之类的，他回答“晓得了”，便挂了电话。朱玫听到身后有轻轻的脚步声，知道他到了身后，故意装作不察觉，果然一双手从背后环绕过来，抱住了她的腰：“说吧，你准备清蒸还是红烧？”

吃完饭，送沈以海上了车。回到家不久，听见有敲门声，还当是沈以海落了东西，过去一看，是邵昕，神情有些狼狈。朱玫问他：“有事啊？”

“我钥匙丢了，手机又没电。麻烦你和你姐姐说一声，给我开个门行吗？”

又是丢钥匙，又是手机没电，倒也凑巧。朱玫想，第四次了。

半小时后，朱慧带着备用钥匙过来。上楼开了门，便下来找朱玫。“这男的长得不错啊。”她道。朱玫心里嘿了一声，嘴上道：“男人不是女人，光长得不错没用。”

“听说是工程师。”话题一步步近了。

“是啊，嘉兴人。”朱玫笑着朝姐姐看。

“嘉兴也没啥不好，又不远——看着人也不坏，是个老实人。”姐姐直截了当地表明看法，“现在这个社会啊，还是老实人可靠。”

朱玫问起叮叮：“小家伙好吗？”朱慧回答：“好，当然好。”朱玫想再问些细节，但看姐姐一副不愿多谈的样子，又缩了回去。她拿出两套小孩儿衫裤：“前两天买的，姐姐你来得正好，也省得我再跑一趟了。”朱慧接过，朝她看：“好像又瘦了。一个人住，吃东西是不是老没规律？”

“还好。你也晓得，我这人不会委屈自己的。”

“自己当心。”

临走前，朱慧在鞋柜上留下一瓶八宝辣酱：“自家做的，比外面买的干净。要是不愿做饭，就拿这个下面条。”朱玫心里暖了一下，说：“谢谢。”

站在阳台上，看着姐姐的背影渐渐远去，朱玫想起小时候在孤儿院里的情景。小朋友们都很羡慕她们，因为是姐妹俩，便不算真正意义上的“孤儿”。孤儿院每次开联欢会，搞公益表演，她们都会上台。说实话她们并没有多少艺术细胞，不会唱歌也不会跳舞，但她们是孤儿院唯一的双胞胎，是卖点。五岁那年，院长把她们带到公务员夫妇面前，她看到一双温暖的眼睛。养父是个好人，其实他并不需要两个孩子，但还是坚持把姐妹俩都收养了：“不忍心把她们分开——”他非常喜欢她们。相比而言，他更喜欢朱慧。其实无论从哪个角度看，朱玫都比姐姐要乖巧得多。朱慧那些笨拙的亲昵——替养父养母拿拖鞋，一逗就傻笑半天，缠着养父给她讲故事——朱玫根本看不上眼。因为养母的关系，让朱玫很早便意识到“女儿是妈妈的情敌”，何况还不是亲生女儿。朱玫从不当着养母的面亲近养父。家里谁说了算，她一看便知道。养父很迁就妻子，甚至称得上是“忌惮”。朱玫也不刻意讨好养母，知道讨好了也没用。养母是块冰，凑上去只会把自己冻坏。朱玫的眼光比朱慧更长远，她甚至想到这两人也许会再生一个孩子。因为养母从来没有真的死心过，家里始终弥漫着呛人的中药味，她天天逼着丈夫喝药。当然这担忧随着养父的早逝，便完全消散。养母再婚后，又生了个儿子。朱玫在外婆家见过那孩子，长得很胖，手臂像大腿一样粗。

姐姐与姐夫结婚时，才二十四岁，是媒人介绍的。只见了一次面，朱慧便对妹妹说，想和这个人结婚。朱玫知道她的想法，姐夫有房有地，人又本分，是个好人选。姐姐骨子里其实是个自卑的人，觉得自己没家没底，有男人要她，就该早早嫁了。朱玫就不会。读书多是一个原因，关键还是天生性格不同。姐姐的人生小心翼翼，是往里收的，一眼望得到底；而她是向外张的，每走一步都像掷骰子，不知结果会如何。

除了不会生育，姐夫其实真是不错的。“是 ED（勃起功能障碍）。”姐姐把这事告诉她时，一副快哭出来的神情，

“就是那个什么性功能障碍，你懂不懂？”朱玫当然不会不懂。当初养父也是这个病，她偷看过养父的病历卡。养父吃的那个中药，姐夫也一直在吃，可惜没用。朱玫的一个朋友在中医院当护士，托了她，每次朱玫配好药，再给他们送过去，也省得他们排队。

八宝辣酱味道不错，稍咸了些，过粥最好。沈以海再来时，朱玫拿这个给他吃。他赞不绝口：“姐姐的手艺真是没的说。”朱玫嗔道：“又不是你姐姐。”

“你姐姐不就是我姐姐？”他厚着脸皮。

朱玫又提了那事，报了个数字。沈以海沉吟了一下：“浙江人就是钱多啊——”

“到底会不会有风险啊，”朱玫在他身边坐下来，贴心贴肺地，“我这个中间人做得心惊肉跳，就怕到头来害了你。”

“我要是有事，下半辈子就靠你养了，”他轻轻刮了刮她的鼻子，“你肯不肯？”

“我有什么不肯的，你肯让我养，我求之不得呢。”

她又问他：“什么时候见个面？”他想了想，说：“就下周吧。”她说：“下周急了些，吊吊他才好呢，别显得我们急吼吼的。”他说有道理：“那就再下周。”

他有些意味深长地朝她看：“中间人好处不少吧？”她白他一眼，鼻子里出气，哼了一声，并不说话。

“自己人，你拿好处我也开心啊。说吧，拿了多少？”他逗她似的口气。

她伸出脚，脚上那根白金脚链闪光锃亮：“喏，就这个好处。”

“好好说。”他道。

“你的好处，就是我的好处。你拿了好处，开心了，我的好处也就来了。”她一脸认真。

“不恨我吗？”他停了停，“——和罗颖结婚的事。”

“恨，怎么不恨？恨得牙根都痒了。”她作势在他头上打了一拳，“女人啊，就是贱，真的喜欢上一个人，不管他对你怎么样，恨是恨的，但到头来心里想的还是他。希望他好，希望他一切顺顺当当的——”

沈以海伸臂一揽，把她抱在怀里：“你啊，说得我眼泪都快下来了。”

依然是在家里吃。两人俨然老夫老妻般，熬了粥，配八宝辣酱。朱玫自己糟的鸡爪，拌了万年青，还有一碟皮蛋豆腐。小菜清粥，吃得也有滋有味。朱玫问他：“平常在家里，罗颖都做点儿什么好吃的啊？”

“她哪用动手，都是阿姨做的。”

“好福气啊。”朱玫叹道。

“好什么？”沈以海嘿了一声，“她男人喜欢上另一个女人，这也叫福气好？”

“讨厌！”朱玫笑骂。

临睡前，朱玫在浴缸里放满水，准备舒舒服服地泡个澡。然而刚泡没多久，便发现天花板在渗水，水一滴滴地落在浴缸里。楼上漏水。她慌忙起来穿了衣服，冲到楼上敲门。敲了半天都没人应，应该是不在。朱玫有些懊恼，想，早知道便不把名片扔了。现在只能通知姐姐了。拿起手机正要拨号码，忽想起手头有一把备用钥匙，还是上次姐姐临走时留下的，说万一有急事能派上用场。朱玫急急地找来钥匙，开门进去。

冲到浴室，打开门，便看见浴缸里躺着一个人，一动不动。水漫出来，流了一地。她一惊，想这人不会是死了吧。叫了他两声，都没反应。不由真的急了，连忙打 110。

电话里说半小时内到。朱玫对着浴缸里那个赤条条的男人，不知如何是好。正要转身出去，忽见挂在浴缸的手臂动了一下。她还当自己眼花，停下来，见手臂又动了一下。

“哎哟我的妈！”忽地，男人抽筋似的弹起来，水花溅了朱玫一身。

警察赶到后，把邵昕臭骂一通，说：“洗澡都能睡成死猪，全世界就你一个！”连带着把朱玫也骂了进去：“搞不清楚状况就报警，死人活人都分不清！不会推他一把吗？”

“我怎么知道他是死是活，万一他真的死了，”朱玫反唇相讥，“我总不能破坏现场吧。”

警察恨恨地离开了。剩下两人，邵昕不停地向朱玫道歉，说有些感冒，吃了药，想泡个热水澡，谁知竟然睡着了：“不好意思不好意思——”

朱玫经这一折腾，有些胸闷，二话不说便下楼了。到家正要关门，一双手从外面撑住，邵昕挤了半个头进来：“真的很对不起，给你添麻烦了。”要把道歉进行到底。

朱玫“哎哟”一声，也顾不得礼貌了，把他的头往外一推，砰地关上门。

这一夜睡得很不好，居然梦到邵昕，赤身裸体往前面一站，一把眼泪一把鼻涕：“我的光身子你见过了，你要对我负责——”猛地惊醒，背上都出冷汗了。想，这男人把她弄得七荤八素，连做的梦也是乱七八糟。

早上起床，刚走到客厅，便觉得哪里不对，往外一看，不禁吃了一惊——只见阳台上吊着一张很大的白纸，上面用毛笔写着：“别做早饭，我买来了。”随风飘荡，像一面白色的旗帜。再仔细看去，发现白纸是用一根竹竿牵着，一头粘在上面，从楼上吊下来的。朱玫原地愣了几秒钟。这时有人敲门。

不用说，自然是楼上那位。两只手都拎着食品袋。

“豆浆油条还是汉堡咖啡？”他一脸殷勤。

朱玫不说话，朝他看。

“怕吵着你睡觉，只好用那个。”他嘴一努，示意阳台上的白纸。

“那现在呢，怎么知道我起床了？”她问。

“我在下面，看见你家窗帘打开了。”

朱玫一怔，随即意识到他应该在楼下站了很久。背上忽地有些湿答答，应该是昨晚那个噩梦的余势。对面楼的人多半已看到这边阳台上的“白旗”了，也许会想象成“小两口耍花枪”。大清早，一个男人居然手拿早点等在楼下，盯着紧闭的窗帘，像狗仔队追踪明星那样，随时准备冲上来。而你打开门，看到一张基本陌生的脸，喘着气问你：“豆浆油条还是汉堡咖啡？”——这情景真的有些诡异。

朱玫脑筋飞快地转动着，考虑是不是该接受。

“豆浆加汉堡也行，自由搭配。”男人的玩笑不伦不类。

朱玫皱了皱眉，有些无奈地说：“汉堡咖啡，谢谢。”

他识相地退了出去，临走时还不忘说一句：“昨晚真的很抱歉。”朱玫不咸不淡地回答：“没关系。”可见吃人家的嘴短是没错，简单一顿早点便让她那些难听的话缩回了肚里。

吃过早餐，下楼。毫无悬念的是，他等在楼下。

“早！”他响亮地打招呼。

朱玫嘿了一声，想，早上又不是没见过面。

她朝地铁站走去。他不紧不慢地跟在旁边，两人之间保持着几十厘米的安全距离。“我是嘉兴人，”他自我介绍，

“○三年上海交大毕业。现在嘉兴公安局搞技术工作。”

朱玫忍不住好笑，这人有些自说自话。再说不是给过名片了嘛。

“嘉兴上班，”她问他，“为什么在这边租房子？”

“我停薪留职了，在上海读 MBA。”

他和她一起坐地铁。同样都是二号线，方向也一样。她以为他是顺路，谁知到了站，他竟然说要往回坐，“转十号线——”朱玫大跌眼镜，“那你刚才南京东路站就该下啊。”

他连连摇头：“反正时间还早，我不急。”

朱玫这才晓得他是陪她，“你真有空。”她嘲他一句。他不以为忤：“我倒真的蛮有空的，你要是愿意，我可以等你下班一起回家。”

朱玫停下来，板着脸看他。想这个人是真的傻呢，还是在装疯卖傻。

他说声“再见”，到对面等车去了。朱玫愣了一会儿，想，姐姐也不挑个好点儿的。

这天晚上回到家，在大门的把手上发现一张叠成条的纸，打开——“我晚上包了虾肉馄饨，要不要一起尝尝？”朱玫摇了摇头，拿出笔，在纸背后写上：“我有儿子的，别浪费时间了。”把纸叠好，走上楼，夹在门把手上。

一晚上都没动静。朱玫有些后悔，好像过分了些。女人拒绝男人也要有风度。她很少这样情绪化。她自己晓得，这阵子有些急躁。当然是为了另一个男人——沈以海始终没把那事说定，不紧不慢的态度。说是再下周，却一直没个准话。他不提，她也不便多催。他是个多疑的人，催得紧了，他就往后缩了。当年他和罗颖结婚，她着实伤心了一阵，却没有纠缠他，否则就不值钱了。男女间的事是这样，别的事也是这样。

虾肉馄饨到底是送来了。第二天早上，她打开门，邵昕的笑容与白天无异，但只说了句“尝尝看”，便退了出去。朱玫闪过一丝内疚。亏得他这样，否则真要决裂了，楼上楼下的，也难看。她说声“谢谢”，双手接过。关上门，听到楼道里噔噔的脚步声。

馄饨味道不错。居然是原只的虾仁，像广式点心里的虾饺，加了麻油与香菜。早饭吃这样的美味，有些奢侈了。朱玫想，若真是这男人亲自做的，倒也难得。

沈以海那边总算有了动静：“我星期六晚上有空。”

“你有空，人家不一定有空呢。”朱玫拿手机拨了个号码，“喂？”与电话那头商量了几句，放下电话，对沈以海道：“这周六，中午十二点，国金中心的苏浙总会。”

“你去不去？”他嬉皮笑脸。

“我不去了。你手里拿张《新民晚报》，我让他拿张《参考消息》，你们自己接头。”朱玫一本正经地道。

“调皮。”沈以海在她脸上摸了一把。

周六，朱玫为沈以海引见了贾先生。贾先生五十来岁，穿一套丝绸的中装，手里拿把折扇，举止儒雅。他推荐沈以海尝尝这里的“拆烩天麻鱼唇烩鱼头”。

“我提前三天预订的。”他亲自夹了一块给沈以海，“沈先生试试看，味道不错的。”

沈以海说“谢谢”，又问他是怎么认识朱玫的。他回答：“本来也不认识的，一个朋友牵的线。”

朱玫补充：“是我高中同学。”

酒过三巡，贾先生说了想法。那块地他是志在必得。他单刀直入，问沈以海：“现金好不好？美元、英镑，还是欧元？我可以在瑞士银行替你开个户头，把钱直接存进去。”

沈以海脸上笑容不改，心里暗自吸了一口气。目光瞥过旁边那张名片：“达博瑞德房地产有限公司，董事长，贾瑞德”。

结束后，贾先生派司机送沈、朱二人回去。黑色的宾利房车，司机穿着制服，戴着白手套，礼貌地为两人开关车门。贾先生站在车外，与两人微笑挥手告别。

到家后，沈以海便问朱玫，怎么认识这人的。朱玫嘿了一声：“都说了几遍了，朋友的朋友，怎么，你不相信？”沈以海不说话，坐在一边似是思考。朱玫为他泡了杯茶。

“行就行，不行就不行，”她道，“有什么伤脑筋的。”

沈以海嘿了一声，依然是不说话。

略坐了一会儿，沈以海便说要走，朱玫也不留他，送他到楼下。待他离开后，又上了楼。一会儿，有人敲门。她过去开门——是贾先生。

贾先生走进来，到沙发坐下。她顺手关上门。

“怎么样？”他问。

“茶也不喝，话也不说——很少见他那样沉不住气，”她笑笑，“被镇住了。”

“正常。”他也笑了笑。

“那只卡地亚表，钱是我垫的。”她提醒他。

他拿出皮夹，给她一张信用卡：“刚办的金卡，额度五十万。”

她接过，摇了摇头：“帮你办成这么大的事，才五十万——你越来越小气了，老赵。”

四

沈以海找了个工商局的朋友，让他查一下“达博瑞德公司”的底细。很快，朋友传过话来，说这家公司是两年前注册的，老板是杭州人，资金手续一切正常，没什么问题。

罗颖看到沈以海手上的卡地亚表，“新买的？”她问。

“朋友送的。”沈以海随口答道。

罗颖并没多问，沈以海也懒得细述。这表太招摇，只在出去玩的时候戴，上班时并不戴。他才不会给自己惹麻烦。

罗颖父亲肝病发作进了医院。沈以海陪罗颖去医院看他，与老丈人寒暄了几句，便退了出来。回去的路上，罗颖说起她有个远房表弟，还没女朋友，让沈以海帮着留心。

“要漂亮的，家境也要好些。我表弟娇生惯养，吃不得苦。”

“我周围都是小公务员，”沈以海哧了一声，“长相普通，又拿的死工资，配不上他。”

见到朱玫时，沈以海拿这个当笑话告诉她：“你问问那个贾先生，认不认识什么富婆，年纪大一点儿或是离过婚的、死了老公的，都没问题。”

朱玫说他刻薄：“好歹也是罗颖的表弟，积点儿口德。”

“也不晓得哪里冒出来的表弟，听都没听过。”

沈以海说下周要去苏州开会，问她去不去。“说是两天，其实只开一天，另外一天自由活动。”朱玫说不去了：“苏州都去过八百回了，澳洲倒还差不多——不过我有自知之明，澳洲你肯定带罗颖去了，也轮不到我。”

“没有的事，”沈以海抚了一下她的长发，“在我眼里，她是狗屎，你是天使。”

朱玫笑笑。

周五是叮叮生日。朱玫等着姐姐给她打电话。礼物是早就买好了的，但姐姐不提，她不方便过去。——姐姐的电话总算如期而至：“叮叮的生日，你不能不来——”朱玫心里暖了一下。姐姐又关照说：“空手来就行，别买东西，小家伙什么都有。”朱玫不觉好笑，她是亲妈又不是客人，跟她有什么好客气的。又有些悲凉，想儿子过生日都要等着别人邀请，这么失败的母亲，全世界也只有她一个了。

生日晚餐安排在“必胜客”。姐姐姐夫都是不爱下馆子的人，这次算是破例了。叮叮喜欢吃比萨和烤鸡翅。席间气氛相当不错。姐姐郑重其事地拿出一套进口的火车玩具，作为叮叮的生日礼物，价格应该不便宜。小家伙高兴得合不拢嘴。朱玫也买了一套拼图，相比之下，就低调得多了。她感觉自己像是小皇帝的亲母，贵人答应什么的，而姐姐是皇后，小皇帝归她抚养，自己只有偶尔探视的份儿。朱玫注意到，叮叮都不怎么叫自己“妈妈”了，往往是看一眼，目光便匆匆移开，并不定格，好像对面坐着的这个真的只是个客人了。

吹蜡烛时，叮叮煞有介事地闭上眼，许愿。姐姐问他许了什么愿。他贼忒兮兮地搂着她的脖子，咬耳朵说了一番，又再三关照“不要告诉别人”。姐姐咯咯笑着，有意无意地朝朱玫看，示威似的。朱玫神情不变，伸手在叮叮头上抚了一下，嘴里说“淘气”。

姐夫新买了一辆途安，说是双休日可以带孩子到近郊玩。吃完饭出来，姐姐抱着叮叮坐进后座，又问朱玫：“要不要送你一程？”朱玫摇头：“旁边就是地铁站，方便的。”朝儿子挥手：“再见啊，叮叮。”

“跟妈妈说再见。”朱慧搂着叮叮，教他。

“妈妈再见。”隔着玻璃，叮叮挥了两下小手，声音嗡嗡的。

车子渐渐驶远。朱玫觉得心头涩涩的，像发毛的嗓子眼儿，又麻又痒又难受，还不是那种能找人倾诉的难受。其实是有些丢脸的，连生闷气的理由都找不出来，自己都看不起自己了。地上一块小石头，朱玫扬起脚，像孩子那样，把石头踢得老远。

到家还有十来米，远远看见阳台上站着个人——是她楼上。凭直觉，她猜他应该在看她。她回到家，不开灯，黑暗里坐了一会儿，随即缓缓地踱到阳台上。

木头人似的站了片刻。忽地，她伸出头，反转着朝楼上看去——楼上那人刚好也探出头，想看她。两颗脑袋在半空中停顿了一下，比起平常，这样别扭的见面方式倒是少了些客套，直奔主题。“你在看什么？”她听到自己干巴巴的声音。

“那你呢，你在看什么？”他反问。

“我在看你在看什么。”像绕口令。

楼上那位笑了一下：“刚回来啊？”

“儿子过生日，给他庆祝去了。”朱玫觉得自己像个被催眠的犯人，问什么答什么。

“哦，”他停了停，“现在才九点不到，要不，上来坐坐？”

几分钟后，朱玫敲开了他的门。他已倒好了一杯橙汁，茶几上摆着开心果、杏仁、话梅之类的零食。“晚上不能喝茶和咖啡，喝点儿果汁比较好。”他把橙汁端给她。

朱玫接过：“谢谢。”

“儿子怎么没回来？”他问。

她朝他看，猜他以为她在开玩笑，儿子云云。不知为什么，这样的夜晚，她忽然很想找个人说话。叮叮太小，姐姐以前倒是可以，现在不太方便了。沈以海只是个棋子，自我感觉很好的棋子，以为他这棵回头草还值得她啃一啃。老赵倒是偶尔可以用来发嗲，但年龄摆在那里，有代沟，况且他最近应该也没这个心思。

如果不是欠下一屁股债，走投无路，老赵不会装死。韩国去了一趟，整了个双眼皮，脸形也修了修，现在即便是他的原配娘子站到跟前，也未必能一下子认出他。公司是早就注册的，用的假身份证。未雨绸缪，防患于未然，本就是他的风格。半年前他把想法告诉朱玫：“我只信任你——”他说得贴心贴肺。朱玫没有拒绝。他瞒住了他的原配、他的爹妈、他的五个女儿六个儿子。她是唯一的知情人，甚至还称得上是同谋。他把车子推到一挡，看它缓缓跌进海里，又扔了一只鞋子进去。她在家里报的警。老赵的遗书写得很煽情，对不起这个对不起那个，来世当牛做马结草衔环什么的。当着警察的面，朱玫没有哭，一副上当受骗百感交集的模样。她对那个过来做笔录的女警察说："我跟了他六年，只有在遗书上他才说了老实话。"她很明白"虚虚实实"这个道理。真话串成的假话，没人拆穿得了。所以老赵是对的。他看准这些妻妾当中，只有朱玫是个可用之才。

"要开电视吗？"邵昕问她。

朱玫摇头："坐下来——陪我聊聊吧。"

他似是有些意外，但还是坐了下来。

话题从叮叮开始。她告诉他，生叮叮的时候不怎么顺利。羊水早破，孩子脐带绕颈两圈儿。生产过程持续了一天一夜，只有姐姐陪在她身边。

"那个时候我才觉得没有妈妈是多么惨的一件事。我姐姐没生过孩子，什么都不懂。我躺在床上，就想，要是我妈妈在该多好啊。至少，有她在，我不会那么害怕。你不晓得，那时我认为自己大概快要死了，脑子一片空白。医生让我用力，可我身体像棉花，一点儿力气也使不出来。医生把叮叮送到我面前，我还以为那是梦。"

"哦。"他停了停，问，"你丈夫呢？"

"我没有丈夫，和叮叮的爸爸只是同居。他做点儿小生意。"她一笔带过老赵的事。

"明白。"他点头。

“我是个自私的人——”她说这话时，瞥见他有些异样的神情，想，又何必跟他说这个。她当然不能告诉他，叮叮是她一门心思送给姐姐的。老赵那事，她是把半个脑袋别在了裤腰带上。公安局是一桩，高利贷又是一桩，老赵的温州家里，到现在都有人往墙上泼红漆“欠债还钱”。叮叮跟着她，多少要担点儿风险。送给自己的姐姐，没比这更妥当的了。为这事，老赵是有些不高兴的，可拗不过她。她说：“你有六个儿子呢，送掉一个也没什么。”她半开玩笑。他没有坚持，也不敢。没她在外面替他打点，东山再起只是句空话。

“你是不是喜欢我？”她忽地问他。

邵昕怔了一下：“嗯，有一点儿。”

她笑笑。这人与她之前的男人们有些不同。

“你很漂亮，”他似是考虑了一下，“而且很可爱。”

“漂亮不能当饭吃，”她提醒他，“我不适合你。像你这种‘铁饭碗’，人也不难看，会有好多小姑娘排着队争你。现在女多男少，你机会多得是。”

又坐了一会儿，朱玫说要走。邵昕拿了两个粽子给她：“前两天回家时买的，一个甜的，一个咸的。”朱玫接过：“好久没吃到正宗的嘉兴粽子了。”

“泡个热水澡，人会舒服些，”说到这里他停了停，应该是想到上次的事，有些尴尬，“嗯，再喝杯热牛奶，做个好梦。”

回到家，朱玫真的泡了个澡。洗到一半，手机响了。她拿起来，是邵昕发来的短信："去阳台，地板上有东西。"她怔了怔，想这人搞什么名堂。

阳台地板上果然有东西——一个纸叠的飞机。她拿起来，展开，纸上有字：

> 本来想当面跟你说的，但觉得还是写在纸上比较好。我很小的时候，爸妈就离婚了，法院判我跟着爸爸。没多久我爸又替我找了后妈。我后妈对我很好，每天都做好吃的东西给我，还给我买玩具，接我上下学。说实话，我亲妈都没她对我这么好。可我还是想我的亲妈，每次她过来看我，我都会拉着她的衣服不放她走，哭得一把眼泪一把鼻涕。我举这个例子是想告诉你，不用担心，亲妈就是亲妈，别人对他再好也没用。你儿子最喜欢的人肯定是你，不管怎么样，他都不会不要你的。

朱玫看着，有些好笑。这人的意思好像是说，她是不怎么称职，但完全不必担心，因为她是亲妈。亲妈有恃无恐，亲妈笃笃定定。字迹有些潦草，应该是匆匆而就。她还是第一次读写在纸飞机上的信。这种中学时代男生女生的把戏，竟让三十岁的她鼻子酸了一下，什么东西从鼻尖直往上漾，暖暖的。

楼上有动静。她猜他此刻应该也站在阳台上。这个人，好像很喜欢搞这些名堂，一会儿竹竿上吊“白旗”，一会儿又是叠纸飞机。朱玫忍不住露出微笑。这个本来郁闷的夜晚，倏忽一下，好像变得有些意思了。

第二天，晨跑时遇到他。“技术不错啊，”她道，“不怕飞到楼下去吗？”

“是飞下去了，”他老老实实地回答，“我又捡了上来。失败了两次，第三次才成功。”

“好胃口。”她心里这么想，嘴上什么也没说。朝他笑笑，跑到前面去了。

沈以海送了一对钻石耳环给朱玫。朱玫没有推辞，比起前几天他得到的，这些只是毛毛雨。他无论如何不肯转账，一定要现金，还要美元。朱玫把一个很厚的信封交到他手里，脸上带笑，心里却在骂“乡下人”。害她在银行兑换了半天。

“那个贾先生，”他看着她，有些意味深长地，“你们好了多久了？”

朱玫不意外。沈以海不是傻子，某些地方还相当的敏感。老赵和她到底不是演员，眉里来眼里去的，许多东西藏也藏不住。她说：“也没多久。刚认识。”

他停了停：“这才像你，朱玫。”

朱玫以为接下去会是各走各路，钻石耳环权当作最后的礼物。谁知并非这样。沈以海再次表达了对她的倾慕：“朱玫，你身上有种谜一样的气质，最吸引我。”

与她吃饭时，他忽问她：“我和你这样，贾先生不会找人卸了我一条大腿吧？”

朱玫一本正经地回答：“放心，他没有黑社会背景。”

他依然到她那里过夜，并第一次向她聊起了罗颖。他说罗颖是个很适合当老婆的人，从不给丈夫添麻烦，很懂事。朱玫想，通常被称为“懂事”的女人，遭遇都好不到哪里去。“外面肯定都传疯了吧，”他道，“说我要跟她离婚，是不是？”

朱玫笑笑。

“不会的，”他一锤定音，“就算我再怎么不喜欢她，也不会跟她离婚。”

“耗她一辈子。”朱玫来了句。

“离了我，她活不成。”这男人脸皮真厚。

“她不会找人卸了我一条大腿吧？”朱玫躺在他怀里，抚弄着他那几根稀疏的胸毛。

他笑起来：“那可说不准。这女人吃死我爱死我了，什么事都做得出来。别怕，我给你当保镖，天天守着你。”

“就你，肚子上一层肥膘，还保镖呢。”朱玫在他肚子上重重捏了一把。

早上，沈以海先起的床，洗澡，喝水。朱玫半梦半醒间，听到他一声大叫：“哎——”连忙起床，奔到客厅。一看，阳台上照例竖起一面“白旗”，上面用粗粗的字体写着：“我去永和大王，你要甜浆还是咸浆？”

沈以海朝朱玫看。朱玫耸耸肩，解释道：“楼上来了个比较热情的邻居。”

她拿了支美工笔，在那段话后面加上“咸浆，谢谢”。很快，“白旗”升了上去。楼上一阵窸窸窣窣的脚步声，还有开关门的声音。

沈以海一旁看着。“这可不像你，”他道，“小儿科得一塌糊涂。”

他赶在咸浆送到之前离开了。朱玫在阳台上朝他挥手告别，一瞥眼，远远地看见邵昕走来。两个男人擦肩而过。沈以海有意无意地瞥过他手里的“永和大王”袋子。朱玫不自禁地笑了一下，浇花。那株新栽的蟹爪菊开得正艳。

咸浆和鸡蛋饼。邵昕自己是甜浆加油条。他说豆浆就该喝甜的，咸的不对味。朱玫说小时候甜浆喝多了，都喝反胃了，“隔壁就是一家豆浆店，因为离得近，所以天天喝。关系好，老板糖还放得特别多。”她说外婆其实没什么钱的，养母的抚养费也给得不多，可她从来不苛待她们姐妹俩，“很好的一个老人，如果没有她，我和姐姐现在还不知怎么样呢。”

“世上还是好人多。”他道。

朱玫笑笑。心想明天或许该换她去买早饭，总是吃人家的，挺不好意思。又想这么礼尚往来，不是那个意思，竟也像那个意思了。好像也不是很妥当。这人实在是有些奇怪，明明知道她的事了，竟也不松手。男人没有不在乎这个的，况且还有个孩子。朱玫从没跟这样的男人打过交道。是痴情吗？她觉得这个词用得隆重了。她当然不会自卑，但无论如何，今时今日的她，似乎已经当不起这个词了。

她正胡思乱想，瞥见他在看自己。“你在想什么？”他问。

“在想，”她半开玩笑的口吻，“你为什么对我这么好？”

“对人好不需要理由，”他道，“你外婆也不是亲外婆，你说，她为什么对你好？”

“因为，”她想了想，“法律上，她毕竟是我的外婆。”

“那么，你住在我楼下，是邻居——这个理由可以吗？”

朱玫微笑了一下：“明天换我买早饭，你想吃什么？中式西式都可以。”

第二天，她早早地起了床，煎蛋和火腿，配番茄片，淋上千岛酱，夹进隔天买的法包。牛奶里倒了坚果麦片，水果是猕猴桃和草莓。拿个托盘捧上楼。

他显得十分惊讶：“你平常早饭都这么讲究吗？”

朱玫很郑重的口气：“上海人就是这样，就算自己再怎么节省，招待客人一定要最好的。实话告诉你，我平常都是泡饭酱瓜对付。”

他又问：“不是说买吗，怎么又自己做了？”

“自己做省钱。物价飞涨，省一点儿是一点儿。”她发现对着这个人，心情便会变得很轻松。

“那明天还是我来吧。”他戆戆地回答。

朱玫笑笑。想起当年大学里，沈以海追她时，也是抢着替她买饭。男生动作快，往往老师一说“下课”，一个箭步便飞了出去。她到食堂时，多半已排着长龙。通常“长龙”的前面，会有一人敲打着碗边，响亮地叫她名字：“朱玫，这边，这边——”因为这个，她总能很快吃上热汤热饭。这好像是男人的惯招。只是，那时她还是个什么都不懂的小姑娘，会在一场恋情中全心全意地付出，以致跌得很重。现在不会了。除了自己和叮叮，她不会对任何人全情投入。

老赵得到了他期望的那块地，价格低得离谱。朱玫因此更加鄙夷沈以海。这家伙当学生会主席时，满口仁义道德，一副忧国忧民的模样。为这事，她半真半假地嘲他：“年轻时的理想去哪儿了？光想着捞钱了？”他回答得厚颜无耻：“年轻时太天真，现在脚踏实地了。”

“眼光很不咋的，”老赵说她，“横看竖看，都没觉得他哪里好。”

“是初恋。”她道，“初恋就是用来后悔的。”

老赵的想法是，再过一阵，等公司运转起来，拿了钱就走。“去加拿大，带上你和叮叮。”老赵到底是老江湖了，说话滴水不漏，“你也晓得，我这人有那毛病，喜欢女色。要说这些女人里头我最喜欢你，你肯定不相信，会觉得我在瞎说。

但到了这一步，除了你和叮叮，我真的是一个亲人也没有了。你是聪明人，该晓得我这番话是不是真心的。”

朱玫沉默了一下：“叮叮给了我姐姐了，要不回来了。”

“亲生的孩子，还能要不回来？”

“给了人家，就是人家的孩子了。法律有保障的。”

老赵沉吟着：“那就给她钱。”

朱玫嘿了一声：“你以为孩子是东西啊，可以用钱买？”

“三十万应该差不多了吧？你姐姐姐夫工资也不高，这个数目应该可以了。”

老赵说这话的神情，自信满满，好像姐姐姐夫是他的某个客户。他的大脑是奔腾高速处理器，几秒钟便能权衡周全，得出一个数据。就像当初与朱玫商量给沈以海多少钱那样，说是商量，却完全是他拿主意。说多少是多少。朱玫只是个摆设的参谋。

朱玫想说“滚你妈的蛋”，脸上却是微笑了一下，“我姐夫也不是没见过世面的人，你晓得他那几套房子加起来值多少？再说了，”她停了停，朝他看，“是我亲姐姐。你不在的这段日子，叮叮多亏她了。”

“好吧，”老赵点头，“再加二十万，明天我打到你账上。——什么时候能搞定？”

“不超过两周。等我消息。”

“你办事，我放心，”老赵在她肩上轻轻拍了拍，“到了加拿大，我们就结婚。”

“谁稀罕！”朱玫哼了一声，白他一眼，“你再去找个年轻漂亮的吧，替你生一打儿子。我这种老菜皮，不值钱了。”

老赵笑起来，在她脸上摸了一下：“你是老菜皮，那天底下就没有小白菜了。”

朱玫看着他，眼圈儿渐渐红了，忽地上前一把抱住他。老赵吓了一跳，下意识地要让开，却被她抱得紧紧的，挣脱不了。“你怎么了？”他诧异地问。

“现在才想起我们母子，当初你干吗去了？”她俯在他怀里，呜呜咽咽，“等你这句话可真不容易啊，九死一生啊。你晓得这些日子我是怎么过的？提心吊胆，替你担心，也替自己担心。生怕你被人抓住，你完了，我也完了，叮叮也完了。我们一家三口全完了。我真后悔，当初不该跟着你。你自己说，我跟着你这些年，得了什么好处了？你说你有什么好，糟老头儿一个，又笨又难看。凭我的条件，什么好男人找不到？我真是瞎了眼了，脑子进水了，才会这么死心塌地地跟着你。”

她边说边哭，越哭越伤心，眼泪鼻涕全擦在他衣服上。老赵轻拍她的背，哄孩子似的口气：“好了好了，不哭了，哭成水泡眼，我可不要你了，啊？”

她依然哭个不停，抽抽噎噎的。

“说好了，一到加拿大，马上领证。”他道，“后半辈子我就是你一个人的了。”

她闻到他身上淡淡的烟草味，对面就是穿衣镜，她看见自己哭肿的双眼，一副小女人撒娇卖乖的神情。她看不见他的脸，猜他此刻必定是志得意满。也只有他，才有那种魄力，借尸还魂死而后生。这样一个修炼成精的男人，谁若是把他的话当真，就是傻瓜加笨蛋。

他以为她不知道，他已经订了下月独自去新西兰的机票。现在科技就是这么先进，拷张电话卡，就能监听到他所有的手机内容。他不声不响地换了脸变了身份，而他的原配娘子却被他的债主们逼得几乎要跳楼。这样一个连结发妻子都不管不顾的人，又怎么可能真的对她有情有义？给钱，把叮叮要回来什么的，都是噱头。他自然是要稳住她，毕竟她知道他太多的事情。这个节骨眼上，他要全身而退，非得她乖乖的才行。

许智慧的男友，在银行技术部门工作。朱玫一连买了三套迪娜魅内衣，换来了老赵所有的账户信息。事情就是这么巧，全上海那么多银行，老赵偏偏就是存的这家。朱玫倒还有些抖豁，说不会给你男朋友惹麻烦吧。许智慧手一挥，轻描淡写地说：“有什么关系啦，又没人知道。他们内部偷偷查领导的、同事的工资，都不是什么秘密了。小事情。”她问朱玫：“是你什么人？”

“一个朋友的老公，准备离婚，想先弄清楚这男人有多少身家。”

“明白，这种事现在多了。”

朱玫又问她：“我有几个同事，也想试试那个内衣，买得多，能打折吗？”

“当然当然，自己人，好商量——你要几套？”电话那头欢快的声音。

挂掉电话，老赵问她什么事。她说一个老同学兼职销售塑身内衣，让她帮忙捧场：“别说，还真有些效果。穿了半个月，腰就瘦了一寸，胸倒升了一个罩杯。不服不行啊，日本人的东西是有些名堂。”

“你们女人，就喜欢这些乱七八糟的，”老赵摇头，“把自己身体当小白鼠。你还嫌自己不够漂亮？你这样美下去，我这个糟老头儿怎么办？”

“你不懂，没有最漂亮，只有更漂亮。”朱玫嗲嗲说着，抱着老赵那颗半秃的脑袋亲了一下，“美女配糟老头儿，现在最流行了。”

五

与朱玫不同，邵昕做的早饭是完全中式的。皮蛋瘦肉粥，配煎馄饨。朱玫尝了一口，粥的火候欠了少许，煎馄饨则焦了些，应该是油锅太旺。但一个单身男子做成这样，已是相当不错了。他看着她吃，一副期待的神情。她一锤定音："好吃！"

"真的？"他兀自不信。

"可以打八十分。"

"没哄我吧？"

"我还没说完——满分是两百分。"朱玫哈哈笑起来。又想，原来跟这个男人已经熟稔到这种地步了，轮流做早饭，开玩笑也完全不用担心对方生气。

她说过一阵就是清明节，外面店里已经有青团上市。他问她："喜欢吃青团吗？"她说喜欢是喜欢，不过青团这玩意儿怪怪的："感觉像在吃纸钱——"他被这话吓了一跳："什么意思？"她说每次扫墓都会带上青团，而且只有清明节前后才有，看到它就想到纸钱。

"听你这么说，我都不敢吃青团了。"他道。

沈以海并不怎么待见楼上这位，他直截了当地问朱玫："是打算跟他发展下去吗？"

朱玫不置可否，有些哀怨地朝他看。眼神的意思是，你又不会跟老婆离婚，管我跟谁好呢。沈以海应该是读懂了，转了个和谐的话题："越来越漂亮了。"

朱玫说了内衣的事，问他要不要弄一套给罗颖："反正我买的多，送你一套。"

他摇头："八百年没送过她礼物了，怕她激动得昏过去。”

朱玫拿了一套迪娜魅，包好，递给他：“五千多一套呢，便宜你了。”

“是便宜她，跟我没关系。”沈以海嬉皮笑脸。

他问“贾先生”这次能赚多少。“这个大便宜让你捡到了。”他朝她看。

“是便宜他，跟我没关系。”朱玫回敬。

沈以海说罗颖上周末去了趟香港，买了许多虫草、燕窝，还有灵芝孢子粉。她父亲肝癌晚期，时日无多了。“医生说大概也就三个月的命。这阵子把灵芝和虫草当饭吃，嘿，这些东西要是有用，天底下有钱人就都长生不老了——肝癌是领导同志的职业病，平常应酬太多，酒当水喝，再好的肝都坏了。”

“那你也要小心，领导同志。”朱玫想这么说，忍住了。本意是想触触他霉头，只怕他听在耳里竟像是关心了。没必要。“那你该多陪陪罗颖，她爸这样，她心里肯定不好受。”

晚饭时，接到姐姐的电话：“叮叮丢了——”朱玫一时没回过神来，还当姐姐在开玩笑。“上体育课，开始没察觉，直到下课的时候老师才发现少了个人，也不知道什么时候丢的——”姐姐的声音听着像是舌头抽筋，完全变了味。

朱玫果断地报了警。警方说不到四十八小时不算失踪，要再等等。姐姐姐夫找遍了所有叮叮可能去的地方，一无所获。朱玫想着是不是该通知老赵一声，正在犹豫，老赵已赶过来了。“叮叮出事了，”他拿着一封信，“被人绑架了。”

信上的抬头是“赵实德”——老赵的本名。朱玫一看便明白了。对方让老赵在三天之内把钱还清，否则撕票：“知道你儿子多，不怕你就试试，一个个来。先断子绝孙，最后再亲自招呼你。”

老赵围着茶几一圈圈地打转，使劲搔头，头屑雪花似的往下掉，眉头那里攒得紧紧的，“到底是被发现了，”他看向朱玫，“你说，他们是怎么发现的呢？”

朱玫知道他在怀疑什么：“问你自己，你前天跟那个姓王的女人去了哪里？”

老赵有些吃惊的神情：“你跟踪我？”

“我跟踪自己的未婚夫，有什么错？我可不是你前面那个老婆，那么好的度量，”朱玫一副吃醋大老婆的模样，“我真是吃不消你，全中国那么大，哪里不好去，偏要去温州。是想念家乡了还是怎的？你以为那帮家伙是吃素的？我跟你讲，公安局找个人都不如他们快。我实在是想不通，那狐狸精有什么好，大饼脸，吊梢眼，平胸，浑身上下没一点儿吸引人的。我问你，你是不是喝了她的洗脚水，把胃口喝倒了？”朱玫越说越气，拿起茶几上一张报纸便往老赵飞去，老赵侧身躲过，沉声喝道：“别闹！”

朱玫一屁股坐在沙发上，兀自恨恨的。眼圈儿瞬间红了，眼泪跟着滴落下来，恨恨地道："我算是为你白操心了。自作孽不可活。这下子彻底完了，等着跟你一起吃牢饭吧。可怜我的叮叮，成了没爹没妈的孩子了。"

"他们不敢报警，"老赵沉吟着，"高利贷也是违法。再说了，我进去了，他们一分钱都拿不到。他们没那么傻。"

这天晚上，老赵破天荒地留在朱玫家过夜。信上的内容，朱玫费了些心思，故意弄得杀气腾腾。男人骨子里比女人更怕死。老赵躺在身边，一整夜都在做噩梦，翻来覆去地。朱玫好不容易睡着了，却又被他的尖叫声吓醒："别杀我，我给钱！给钱！"

朱玫叹了口气，在他背上拍了两拍，哄小孩儿似的。他才又沉沉睡去。这男人比她养父还要年长一岁，白发都爬满两鬓了。当初姐姐听说她要跟这个人，第一句话便是"你吃错药啦"——其实他应该也有一点点喜欢她。毕竟她很漂亮，又讨喜。对他来说，多个女人，不过是多给套房子罢了，好就好，不好大不了再贴些分手费，他不在乎。他以为她跟他那些女人骨子里没什么两样，就算聪明些，也是茶杯里起风波，被他牢牢攥在手心呢。

早上，老赵走出卧室，赫然看见阳台上那幅从天而降的"白旗"——"想吃青团还是纸钱？"老赵惊得浑身一抖。他问朱玫："楼上住的什么人？"朱玫说是个十三点兮兮的男人，"总喜欢跟我开这种玩笑。"她强调这人肯定没问题，

“你别疑神疑鬼。”

朱玫说这人是姐姐安排来的：“就盼着早点儿把我嫁出去，我姐姐那点儿小心思，谁还不清楚？放心，真的跟你没关系。”

她越是解释，老赵便越是怀疑。他说朱玫笨：“你姐姐是什么东西，说安排就安排了？她肯，人家未必就肯呢，你又不是西施杨贵妃！女人就是女人，鼠目寸光，头发长见识短，就晓得往那方面想问题，好像全世界的男人都对你有意思，你花痴啊？”事关生死，老赵说话越来越狠，完全不顾及朱玫的面子：“我本来还以为你做事牢靠，现在晓得了，你就是头猪！连楼上住着什么人都搞不清楚——这人要是没问题，我把头割下来给你。”

朱玫眼泪像断了线的珠子，一颗颗地往下掉，委屈到极点的模样。老赵完全没有怜香惜玉的心情，点上火，到一边抽烟去了。朱玫拿纸巾擦眼泪，鼻尖都擦得亮了。

有人敲门。老赵打个激灵，朝朱玫看。朱玫指了指楼上。老赵做了个“让他滚”的口形。朱玫坐着不动。一会儿，敲门声便止了。

中午时，老赵收到一条银行发来的短信：“您的账户一小时之内有巨额交易，请核实。”老赵跳起来，一脸紧张。朱玫说也许是骗子：“现在这种短信太多了，别信。”

老赵说没那么巧：“不管怎样，查查再说。”

他正要去银行，犹豫了一下，说还是在电话上查吧。朱玫知道他是不敢出去，怕外面有人拿硫酸泼他，拿刀捅他。他欠的那笔数目，够别人赚上几百辈子了。那些人恨他入骨。

老赵走到阳台上打电话查账。朱玫识相地走到一边。一会儿，他放下电话，有些轻松的神情："果然是恶作剧，这帮骗子真该死。"

"我说了吧。"朱玫说着，又问他，"叮叮怎么办？你不会不管他吧？"

"叮叮是我儿子，我怎么可能不管他！"老赵的口气敷衍得都有些过头了。朱玫装作听不出来。她像个太担心儿子以致失去理智的母亲那样，翻来覆去地求他，一定要救叮叮。"如果叮叮有什么事，我也活不成了——"她带着哭腔道。

一刻钟后，她出了门。上班。首先上楼去见邵昕，青团摆在桌上，还是热的。他问她去哪儿了。她说下楼散了会儿步。"我还以为玩笑开得过头，你生气了呢。"他这才放心。

朱玫微笑不语。玩笑是有些过头，不过时间恰到好处。又是青团又是纸钱，足够把老赵的胆吓破。老赵是乱了方寸了，否则以他的机警，又怎么会那样轻信一个莫名其妙的短信。阳台上的摄像头，应该摄下了他的按键——银行账号密码。他的习惯她再清楚不过，总是在阳台上打电话，一来是那里信号好，二来也是怕她听见。她猜他这时候应该在给航空公司打电话，把机票时间提前。这家伙准备溜了。

青团味道不错。朱玫一边吃，一边想着该怎样劝邵昕离开几日，避避风头。无缘无故把他扯了进来，倒有些不好意思。他说他要回嘉兴，大概一周。她想正好。他竟然问她想不想去："就算是上海人，也未必好好玩过嘉兴。我是个很棒的向导。"

他做好被拒绝的准备。谁知她竟爽快答应了："好啊，反正也没事。"

"你不用上班吗？"他倒怔了怔。

"可以请假。"她笑笑。

接下去的几天，像电影里的情节。她把老赵账户里的钱全过户到自己的账户里，当然是个临时账户，拿假身份证办的——当初老赵办的时候，她瞒着他也办了张。那个短信是许智慧男友的手笔。她不晓得现在银行职员原来胆子这么大，为了讨好女友什么都敢做。她本以为还要费一番功夫，谁知只是一起吃了顿饭，便谈成了。许智慧很仗义，疾恶如仇的那种："女人当然要帮女人了，我们不能人财两失，离婚可以，但要让他好好出点儿血——"她甚至建议朱玫那位"朋友"找个律师："要闹就索性闹大，让男人知道我们女人不是好欺负的。"吓得她男友在一旁连连摇头："你这个女人进攻性太强。"

邵昕果然是个好向导。嘉兴她之前也去过，但这次的行程更令人愉快。当然这与心情有关。姐姐打来电话，说叮叮的事不用担心："小家伙很好，你安心在外面躲几天吧。"叮叮藏在姐姐的一个朋友家里。这事连姐夫也瞒着。姐姐就是姐姐，紧要关头到底能帮得上忙。"我不要你一分钱，只要你太太平平的，否则我对不起死去的外婆。"朱慧是说外婆临终前，拉着姐妹俩的手，说只剩下你们两个人了，你们一定要相互扶持。朱慧说她不想看见朱玫一个人冒险。"我晓得你这个人，喜欢把日子过得像玩海盗船，非要刺激才行。我要是不帮你，就没人能帮你了。"最后这句说得朱玫眼圈儿都红了。

在东湖划船时，邵昕问朱玫："你说，我将来是留在上海好呢，还是回嘉兴？"

朱玫细辨这话里的意味，是试探，也是讨好。她目光瞥过对面这人的脸，忽然觉得找个傻傻的老实男人好像也不错。她是有些累了，想歇歇脚。

"回嘉兴吧。说实话，上海我也待腻了。"朱玫觉得这话已是说得太明显了，"再说了，公安局上班不是挺好？没人敢惹你。"

"那，跟我一起去嘉兴吧？"他大着胆子，跟她开了句玩笑，"我罩着你。"

朱玫笑笑，心想，这倒是句实话。老赵没了那笔钱，早晚查到她，跟她拼老命。这种情况下，离开上海可以加分，找个警察又可以加分。姐姐说得没错，她就是喜欢追求刺激。从她答应帮老赵那一刻开始，她便知道，接下去的日子会很不寻常。她是不甘心平淡过一生的。当年养母初次见到她，便说："这孩子的眼睛有些不老实，将来只怕要闯祸。"也许，最了解她的人，竟是这位养母。

朱玫把手放进湖里。初春的湖水还是很凉，却不十分刺骨。阳光在湖面洒下些星星点点，被往来的船只压出一条条金线。

"我有儿子的，"她问邵昕，"你不在乎？"

"不在乎。你就算有一打儿子都没事。"

朱玫嘿了一声，心头暖暖的。斜眼看他："不是真心话吧？"

"是不是真心，现在说不算数，要看将来。"

朱玫听到自己心跳了一下，又忍不住笑话自己，就为这么平淡的一句话，都不像她的风格了。她想，上一次听到这种话，是什么时候呢？男人的海誓山盟，有时候很珍贵，有时候又不值一文。关键还是看女人的心绪。说到底，女人是主观的动物。这一刻，她是很认真地在体会这番话。给这男人机会，也给自己。

"好，那就试试吧。"她说完，看到他一点点露出微笑，嘴角向上扬去，弧度柔和得像小提琴的线条。这个男人不难看。

尾　声

清明节，朱慧和朱玫给外婆和养父上坟。两人在坟前放了水果和青团，还有一束鲜花。墓碑上的刻字有些褪色了。朱慧拿出笔墨，仔细地填描。朱玫烧了纸钱，黑红的火焰飘飘扬扬。

两人分别磕了头。

朱玫对姐姐说了去嘉兴的事。朱慧只嗯了一声："你自己拿主意就好了。"

"是个老实男人。"朱玫说。

"那就好。"

临走时，朱玫把姐夫的中药给她："我昨天正好去同学那里，顺便配了，半个月的量。"朱慧接过："其实现在这个药吃不吃都无所谓了。"

朱玫知道她的意思："不光为了孩子，夫妻生活也要紧的。"

朱慧脸红了一下。

朱玫猜想姐姐这下该放心了。她去了嘉兴，叮叮便完全是他们的了。朱玫当然不会真的不要儿子。像老赵那样，丢个几十万块钱，未必有用，还伤和气。朱玫有自己的办法。姐夫的中药向来都是经她手传递的，与养父一样的药方。养父是个好人，也略通医术。为了不让朱慧姐妹俩受委屈，他瞒着妻子，偷偷减去了其中两味药。直到他去世，养母一直没有怀孕。这事只有朱玫知道。她依法炮制，姐夫吃的中药里，也少了两味药。他病不好，便生不出孩子，只能打叮叮的主意。现在情势不同了，朱玫又把那两味药加了上去。姐姐早晚会怀孕，有自己的孩子。那时再同她说要回叮叮的事，应该会容易许多，又不伤感情。就算真的怀不上，到时再另想法子也不急。自己姐姐，不比外头人，打断骨头连着筋。处理这事不能用大火，只能小火慢焙。朱玫有的是耐心。

沈以海的老丈人病逝了。他发了短信给朱玫，说这阵子会很忙，不便见面。朱玫回了短信，说你安心处理事情吧，没关系。她本想跟他说分手的事，想想又觉得没必要。她这么辞职、离开上海，应该就很说明问题了。再说了，又不是什么非卿不娶非君不嫁的关系，断就断吧，也没什么大不了的。朱玫从许智慧那儿听说，老丈人一死，对沈以海多少是个打击，总归是少了个靠山。前几天有人给局里写匿名信，说他利用职权收受贿赂。靠着老丈人的余威，这事暂且压了下去，算是有惊无险。

“罗颖出了不少力，为他到处托关系，人都瘦了一圈儿。所以说啊，沈以海这个老婆算是讨对了，前世里欠了他的，这辈子还债来了。”

朱玫想着应该是老赵那事。可见没有不透风的墙，也不知是哪里疏漏了。沈以海吃了这个亏，下次或许会收敛些。未尝不是件好事。

离开上海前一晚，朱玫请老同学一块儿吃了顿饭。人到得很齐，除了沈以海。这顿饭一是告别，二是隆重推出邵昕：“我男朋友。”算是又敲定了一层。大家对邵昕印象不错，都说以朱玫的个性，是该找个这样的男人——牢靠，稳重，对她又好。

“几时吃你们的喜酒啊？”有人问朱玫。

“现在还吃不准呢，”朱玫笑着看了邵昕一眼，“等有消息了一定通知你们。”

席间，邵昕手机响了。他打个招呼，走到外面长廊，按下通话键：“喂？”

“什么时候回嘉兴？”电话那头一个女人的声音。

“后天。”

“恭喜你了，抱得美人归。”

他笑了一下：“怎么办呢——我好像真的有点儿喜欢上她了。这女人挺有意思。”

“那很好啊，反正你总归要结婚的。”

“我是不是该给你十八只蹄髈？”他呵呵笑着。

“随你的便。给我现金更好。”电话那头也在笑。

一会儿，邵昕回到席间。朱玫问他，是谁的电话。他回答，一个朋友。

“听说我谈恋爱了，敲我竹杠呢。”他笑道。

罗颖挂掉电话，看了一眼旁边看报纸的沈以海：“今天没应酬？”

“最近风头紧，夹牢尾巴做人。”他回答得有些泄气。

罗颖对着穿衣镜转了个圈儿：“最近好像瘦了些，你送给我的那套日本内衣挺有用。”

沈以海嗯了一声。

“告诉你件事，”她说下去，“上次跟你说的那个表弟，他要结婚了。”

“是吗？”

“这家伙挺有本事，真的找了个又漂亮又有钱的女人。”

“那挺好，恭喜他了。”沈以海漫不经心地说完，停了停，忽地，把报纸往桌上狠狠一摔，“你说，那封匿名信到底他妈的是谁写的？”他一下子激动起来。

罗颖没说话，背对着他，在梳妆台前坐下。镜子里的女人，依然是人淡如菊，只是眉宇间又透着些坚毅。是柔中带刚的品质。

“是呀。”她瞥见自己嘴角的微笑，“到底是谁写的呢？”

又见雷雨

清晨六点，阳光从窗帘缝里漏进一缕，延伸开来，先是窗台，再是地板，随即又爬上张一伟的脸，从额角到下巴，细细长长，像粉笔画的一道儿。认识他八年了，郑苹还是第一次离他这么近，看得这么仔细。男人长了张圆脸，皮肤又白净，多少缺些英武气，所以他留了络腮胡子。过了一夜，胡子愈发浓密了。郑苹起身拿来剃须刀，涂上泡沫，替他刮胡子。小心翼翼地，连下巴与头颈接缝那样难处理的地方，也刮得干干净净。他动也不动，任凭她摆布。刮完了，她又拿自己的润肤露，替他薄薄打上一层，免得皮肤发涩。

她朝他看。这么一番折腾，他依然是不醒。

“是睡着了，还是昏过去了？”她凑近他，往他耳里呵着热气，手指在他脖子轻轻挠着。他没忍住，扑哧一笑，随即一把抓住她的手。她另一只手去搔他腰眼，他呵呵笑着，将那只手也抓住，随即在她嘴上亲了一下。她朝他看，忽地，很严肃地道："过来，让我打一记耳光。"

他一怔："什么？"

"这些年，你让我受的委屈，一记耳光便宜你了。"她正色道。

他把脸凑过去："打吧。"

她举起手，高高扬起，轻轻落下，嘻的一声，按在他脸上，捋了捋。"算打过了，"她自说自话地点头，"以后不可以了，晓得吧？"

他看了她一会儿，那一瞬忽有些心酸，抓过她那只手，放在自己掌心里。"其实我不值得你这样，"他道，"你是个好女孩儿。"

"这年头，好女孩儿都喜欢坏男人。"她叹道，"没法子的事。"

吃早饭时，郑苹接到维修铺小弟的电话，说手机修好了，让她有空去拿。郑苹答应了，说今天就去。挂掉电话，兴冲冲地告诉张一伟："我爸那只手机修好了。"张一伟道："那么老的手机，还能修？"郑苹道："修是不难的，就是利太薄没人肯修，亏得老耿有个亲戚在手机店。蛮快，前天刚送过去，今天就修好了。"张一伟替她庆幸："好险，这个手机要是修不好，难保你不去跳黄浦江。"郑苹在他背上拍了一下，嗔道："没那么夸张。"

手机是父亲的遗物。八年来郑苹一直用这个手机。她曾把手机里的视频给张一伟看——父女俩在草地上搭帐篷，因是刚买的帐篷，不怎么会弄，两人嘻嘻哈哈折腾了半天，郑母在镜头这边数落他们："笨手笨脚，有这工夫，人家房子都造好了。"那天风很大，图像有些抖，呼呼的风声，比说话声还大。这是郑苹与父亲最后一次合影。之后不到两周，父亲就去世了。手机摔过几次，有点儿故障，上不了网，视频和照片都导不出来，郑苹只能把手机带在身上，想念父亲的时候便拿出来看。手机上了年头，隔三岔五便出状况。但通常是小毛病，凑合着能用。这次大修是因为前天跟周游吵了一架，激动时随手拿起手机便朝他抡去，砸在墙壁上再掉下来，摔个稀烂。

"没跟他拼命？"张一伟问。

"他贱命一条，宰了他我还要抵命，不值得。"

"为了什么？"他朝她看，"还动手？"

"社里的事，你也晓得，搞艺术和满身铜臭的人，总归说不到一块儿去，"她岔开话题，"昨晚的事——后悔吗？"

他笑起来："这话应该男人问女人才对。"

"我不后悔，这你八年前就该晓得了。"

"女人都不后悔，男人说后悔就忒不上路了。"

"主要是昨晚大家都喝醉了，否则我也不问了。"

"酒醉三分醒。"

"那又怎么样？什么意思，我不懂。"

“再说下去就少儿不宜了。”他一把搂住她的肩膀。

郑苹不喜欢他说话的语气。人还在床上呢，就算撇清，也该有些过渡才是。没一句话超过三两，都是轻飘飘的。其实也是意料之中，她和他之间，始终是隔了些什么。八年前，同一天，同一个殡仪馆，她的父亲，还有他的父亲。那是郑苹第二次见到张一伟。她也不知道怎么会踱到那里。一间间过去，哭声是会重叠的，这边已入尾声，渐渐隐去，这边又掀起一阵，原先那些还未退尽，低低和着，又过一阵，又不知哪里的哭声掺杂进来，衬托得这边更加层次分明。哭声不同笑声，笑的人一多，便觉得烦，自顾自的节奏；哭声却是往里收的，一两个人哭不成气候，哭的人多了，悄无声息地蔓延开，是另一种沉着的气势。郑苹到的时候，张一伟父亲已经推去火化了，张一伟母亲被几个亲戚拥着坐在一边。一个十八九岁的少年站在角落里低声啜泣。郑苹之前与他见过一面，是周游父亲安排的，请两位遗孀出来相谈。那天郑苹与张一伟对面坐着，大人在桌子那边谈事，他们静静坐着。有人给他们倒上饮料，郑苹喝了一口，张一伟碰都没碰。车祸是由于张父过马路闯红灯，周父开车送周游去学校，经过时避让不及，车冲上非机动车道，又把骑车的郑父撞倒。郑父当场死亡，张父送到医院急救无效，当晚去世。走路的、骑车的，都死了，按法律规定，即便事故原因与周父无关，机动车司机也必须承担相应责任。周父花了些功夫打点，很快便全身而退。至于两家的赔偿金，他开出了一个相当不错的数目。郑母不作声。张母还未开口，张一伟已站起来："我不要钱，把爸爸还给我。"说完走到周父面前，霍地亮出一把水果刀，直直朝他胸口刺去。周父没提防，竟被他刺个正着。送到医院急救，医生说再往左边偏半寸，命就没了。追悼会上，周父给两家都送了花圈，人没到场。那天张一伟倒是表现得很平和，郑苹在门口静静看了他一会儿，想，这人和自己一样，都没了爸爸。郑苹看到他的眼泪，始终在眼眶里打转，却不落下来。本已平息下来的悲恸，那瞬间重又被勾起来。替自己，也替这个少年。

窗台上放着一罐纸鹤，是郑苹八年前叠的。花了整整一周的时间，在张一伟十九岁生日那天送给他，里面还附了张卡片："做朋友好吗？"——结果被张一伟连东西带卡片退了回来。那天恰恰是郑苹动身去英国读高中的日子，行李都搬上车了，当着郑母和周家父子的面，张一伟放下东西就走。郑苹也不说话，面无表情地把纸鹤塞进包里。这事后来被郑母一直挂在嘴上，说郑苹你这样的人还会叠纸鹤啊，不像你的风格，做手榴弹土炸药倒还差不多。

他看见纸鹤，先是一怔，应该是想起了当年的事。随即瞥见郑苹的目光，停顿一下："现在送给我，行吗？"郑苹摇头："送给你，你不要，现在又来讨。"他笑笑："男人都是贱骨头。"郑苹嘿了一声："喜欢就拿去吧。"停了停，又问他："现在，你当我是朋友了吗？"

"不是朋友是什么？"他反问。

"不晓得，"她老老实实地道，"我总觉得你一直都挺恨我。"

"就算恨，也是恨周游他爸。恨你干吗？"

"因为我妈嫁给周游他爸了，所以你恨我也不是一点儿没道理。"

"那，就算是爱恨交织吧。"他想了想，"其实，应该说同病相怜更恰当。——同一天成了没爸的孩子。"

"所以啊，我们更要对彼此好一点儿，"郑苹一本正经地说，"我们都是受过伤的小孩儿。别人不疼我们没关系，我们要自己疼自己。——天底下没有比我们更合适在一起的人了。"

有八年前的教训，她故意扮傻大姐，把真话说得像傻话。这样即便被他弹回去，也好少些尴尬。她以为他听了会笑。谁知他只是低下头吃盘里的煎蛋，像是走神了。她等了他一会儿。女孩子这么说，男人一点儿表示没有，多少有些难为情。郑苹打开收音机，尖锐的女声陡地跳出来："我爱你，轰轰烈烈最疯狂，我爱你，轰轰烈烈却不能忘——"

吃完早饭，张一伟先走了。郑苹奔到阳台，本想喊他回来带把伞，今天说是有雷阵雨。但这男人走得匆忙，连背影也是义无反顾。郑苹便有些气不过。老夫老妻也就罢了，怎么说也是第一次留下过夜，一步三回头也在情理之中。可他的脚步毫无留恋。直到他走出小区，郑苹才回屋。收拾一下，上网看微博。

照例在搜索栏里打入关键词“郑寅生，雷雨”，一条条看下去。大多都是老话：“民营话剧社进驻上海大剧院小剧场”“场景漂亮，演员演技好”。也有人说：“一张票送一大盒费列罗，差不多就值回一半票价了。人家亏本赚吆喝，我们乐得捧场。”往下翻，有人说：“那个演鲁贵的演员，长得像唐国强，好像以前也有点儿名气的，怎么会让他演鲁贵？”下面跟着一长串评论，有人说：“没错，这人一看就是正义凛然的那种，演鲁贵看着真别扭，他每次低声下气地跟在周朴园边上说话，我都想笑，感觉他像个潜伏在资本家身边的地下党。反倒是那个演周朴园的，看上去獐头鼠目，一点儿也不像大资本家。也不晓得是怎么选的角！”也有人反驳：“谁说长得像唐国强就不能演坏人？好人坏人从脸上能看得出来吗？再说周朴园也不是好人啊。照我说，让他演鲁贵才好呢，老是本色出演有什么意思，反差越大越是能考验演技。”又往下看了几页，与前阵子一样，许多微博说的都是鲁贵，一边倒地认为这演员与以往的鲁贵似乎有很大不同。

上月《雷雨》刚上演时，有记者采访郑苹，说作为一家民营话剧社，能入驻大剧院演出实属不易。而且在营销上别出心裁，比如母亲节那场送康乃馨，凭票根参加抽奖，有咖啡券、电影票、联华 OK 卡、双飞自由行……特等奖甚至是一辆小轿车。“网上有您亲自颁奖的视频。您觉得，这次话剧演出之所以大获成功，是否与这些营销手段有关？还有，成本预算方面，您是怎么控制的，说得更明确些，您不怕亏本吗？”记者口气里难掩好奇。郑苹回答得很简单：“说句实话，我办这个话剧社，不是为了赚钱，至于亏本，大家也不必替我担心。我有赞助。那些营销策略，都是别人替我想出来的，我只管排话剧，其他事情统统不管。”记者又问起骆以达：“有趣的是，十年前在上海人艺演出的那场《雷雨》，骆老师扮演的是周朴园。时至今日，他竟然演起了鲁贵，来了个一百八十度大逆转。请问，您是如何请到他加盟的？又为什么想到让他来扮演鲁贵？是一种噱头吗？”郑苹没有正面回答，只是笑笑：“你说是噱头，那就算是吧。”记者最后问：“你们话剧社叫‘郑寅生话剧社’，请问，郑寅生是谁，以他命名有特别意义吗？”郑苹如实相告：“郑寅生是我父亲，他生前也是个话剧演员。”

关于抽奖的事，郑苹很早就对周游表示了不满：“玩得太过了，连公交车上都是《雷雨》的广告，你看过哪个话剧宣传搞这么大？送电影票咖啡券也就算了，你还给我弄辆小轿车出来，怎么不送别墅送游艇？”周游说：“我就是怕搞得太大，所以才没这么干。别墅有现成的，你要是答应，下次我就直接去三亚买游艇了。”郑苹无语，对付这样的纨绔子弟，话一定要往狠里说。“我非常不喜欢这样，”郑苹明确告诉他，“别学你爸捧戏子，他那是老一代的做派，八百年前就过时了。”周游说：“我不捧戏子，我只捧你。你是戏子吗？你是艺术总监。”郑苹道：“我不是我妈，别说游艇，你就是买飞机也没戏。”周游照例是笑笑，不妥协，也不跟她真吵。八年来，两人像亲戚，又像朋友。周游跟她同岁，月份稍大些，初见面那阵客客气气，有些半路兄妹的味道，后来熟了，就比亲兄妹还随便，说话行事游离于自己人和外头人之间，好起来无所顾忌，狠起来又是剥皮拆骨。当然这主要是郑苹单方面对周游，尤其是郑母刚嫁给周父那阵，面上看着无异，心里只当他是半个仇人，眼神都是夹枪带棒。说起来还是周游难得，待郑苹就不用说了，对郑母也是不错，按理说十几岁的少年，对后母耍些刁也在情理之中，偏偏他这层看得极开。他曾对郑苹半开玩笑地说：“我爸是多情种子，这点我随他。”郑苹只当听不懂：“你爸讨三个老婆，你也随他？”他道：“就算讨三个老婆，你也是最后白头到老的那个。”郑苹嘴上照例又是一顿揶揄，心里晓得这话不假。她在英国读书那几年，他每隔两个月便飞去看她。她回国办话剧社，是他给她张罗，人脉上资金上，料理得妥妥当当。连话剧社门厅正中那幅山水画，也是他周少爷的真迹。“换了别人，一百万求我一幅，我都不肯。你自己要拎得清。”

周游从小习画，这几年因为跟着父亲学生意，便搁下了。在别人面前，他是少东家太子爷，唯独对着郑苹，就成了喽啰跟班。抽奖那事，连他父亲都有些看不下去了，吃饭时半真半假地训他，说："总经理我另外找人当，下次调你去营销部，看你是把好手。"以郑苹的性格，贴心贴肺的朋友不多，周游算是仅有的一个。愈是这样，说话便愈是不讲究，心里想的便是嘴里说的，一点儿不加工。也亏得他才忍受得住。他也惯了，好的坏的，中听的不中听的，都当补药吃。从不与她较真。唯独前天那次，他不知怎的，竟动了真性子，话越说越僵。

"张一伟要是真的喜欢你，我把头割下来当球踢。"

"他不喜欢我，干吗跟我在一起？"

"说了你要生气。"

"我不生气，你说。"

"其实我不说你也晓得，这些年他明里暗里搞的小动作，加起来都有一箩筐了。在检察院当了个小办事员，就人五人六起来。他也不想想，我爸要真跟他顶真，单凭八年前那一刀，他早就进大牢了——"

"这跟我有关系吗？"郑苹打断他，"说重点。"

"怎么没关系，你妈嫁给我爸，你就是半个姓周的，在那家伙眼里，你跟我们是一伙的。"

"那又怎么样？"郑苹好笑，"所以他想要始乱终弃，或者先奸后杀？”

周游叹了口气：“郑苹你就装傻吧。智商135的人，装35，不累吗？非要我把话说得那么明白是不是？那好，我一条条列给你听。先说那个姓王的女人，是他介绍进来当会计的吧？你也真是到位，二话不说就把老刘给辞了，给人家腾地方。他是变着法子来查账，你不知道吗？亏得现在是没事，要是真有些什么，我爸、我，还有你，统统都要吃牢饭。”

“你都说了没事，那怕什么？”郑苹冲他一句。

“还有他妈，淋巴瘤晚期，是你自己说的，三个礼拜化疗一次，每次打两支‘美罗华’，一支两万多。丙种球蛋白，营养针，五百多一支，两三天就要打一支。八年了，他早不找你，晚不找你，偏偏挑这个时候找你。为什么？难不成找人要结婚冲喜？本来这也没什么，男人玩女人要花钱，女人玩男人当然也要花钱，我找个小明星睡一晚几十万，你给他妈住贵宾病房，大家都是花钱找乐子，什么玩不是玩，是吧？可你要是来真的，就没意思了。”

“还有呢？”郑苹朝他看，“说下去。”

“是你让我说的，”周游犹豫了一下，没忍住，“也好，索性我给你兜头浇盆冷水，让你彻底清醒——男人嘛，就那么回事，追了他那么多年，顺风篷也扯得差不多了，见好就收。你长得不难看，身材也过得去，又是自己送上门，这么便宜的事，不要白不要——”

手机就是那个时候砸坏的。周游的额头也撞出个桂圆大小的包。事后郑苹多少有些后悔，吵就吵了，还动手，又不是小孩子。况且愈是这样，便愈显得自己心虚，该一笑了之才是。一股邪气因那人而起，竟全出在周游身上。郑苹又想起前一日晚上，她和张一伟都醉了，他先送她回家，到了她家门口，她邀他进去坐坐。他没有拒绝。两人坐在沙发上看电视，他伸手去解她的衬衫扣子，她问他："你喜欢我吗？"两人都醉得很厉害，脑筋跟不上手，耳朵跟不上嘴。她完全不记得他是怎么回答的，怎么想也想不起来。只记得墙上的挂钟嗒嗒地走着，是时间流动的声音。此刻不知怎的，那句话忽然一下子从某个角落蹦了出来。那时，他大着舌头，贴着她的耳朵，轻声道："我说喜欢你，你信吗？"

上午九点，郑苹来到社里。"郑寅生话剧社"位于卢湾区与徐汇区的交界处，闹中取静的一条街道，二层楼的小洋房，门前铺了满地的梧桐叶，车马不兴。阳光从密密的树荫漏下来，过滤掉表面那层焦灼，硬生生拉下几分热度，也不觉得十分难熬。与陕西路口的环贸广场只隔了两条马路，那边人声鼎沸，这边却静得仿佛另一个世界。连踩在梧桐叶上沙沙的声音，也似是透着几分空灵，隐隐有回声。

桌上放了豆浆油条，照例又是老耿买的——《雷雨》里演周朴园的那位。老耿去年签的约，其他演员只有排练时才来社里，他则是天天准时报到。在路口的点心铺吃完早饭，再替郑苹带一份。初时郑苹让他演周朴园，他只当自己听错了，及至剧本送到手里，才知是真的。老耿今年五十多岁，演了三十年的戏，从没台词的小龙套，到现在依然是面熟陌生的配角，心态倒也不坏。他早年离婚，一直没再娶，无儿无女，回到家也是孑然一身，倒不如在戏台上混，短短一两个小时，便历尽人生，白云苍狗，那些生活里没尝过的滋味，戏台上全尝了个遍。演过儿孙满堂，也演过人间帝王。角色虽说是假的，投入的感情却是真的。演戏的时间加起来也有小半个人生了，老耿想得很穿，就算活八十年，实打实的二十年在台上，那假的也成真的了。台下倘有五分不如意，与台上那些凑一凑，便可减去一两分。

郑苹边吃早饭，边与老耿聊天。晚上是最后一场《雷雨》。“耿叔这段时间辛苦了，总算能休息一阵了，”郑苹捧了个场，“您演得好。”老耿摇头：“千万别这么说，我都觉得对不住您呢，看网上那些评论，我都恨不得找个地洞钻下去。”

“演得再棒，也不可能人人都说好。”

“形象差太远。周朴园要是长成我这样，四凤她妈和繁漪就是两个近视眼。”

郑苹笑起来：“那也不一定。剧本上又没说周朴园长得有多英俊，关键还是要靠演技。”

“我知道您的想法，是想辟条新路子，其实偶尔玩个新鲜还行，时间一久，什么角色该什么人演，还是有一定路数。演戏就是演戏，天生一张主角的脸，就得演主角，配角也是一样。都说人不可貌相，可这世上，以貌取人的多了去了。久而久之，就成道理了。”老耿是正宗上海人，可一口京片子抑扬顿挫，甚是好听。

“别老是称呼我‘您’，我比您小了两轮都不止。”郑苹道，“我看过您的简历，您1959年生的，比我爸还大三岁。”

“我知道你爸，以前市里开会碰到过两次。挺可惜。”老耿叹道。

郑苹沉默了一下。“那天采访我的记者，他知道骆以达，说十年前骆以达演的是周朴园，可他却不知道郑寅生是谁。其实当年那张《雷雨》的海报上，就有郑寅生的名字——我爸演的是鲁贵。”郑苹说到这里停下来，瞥见老耿并不意外的神情，便有些后悔说这个。笑笑，拿起杯子，让老耿：“耿叔您喝茶。”

老耿换了个话题：“您母亲今晚上场，准能掀个小高潮。”

“十年前的繁漪，谁还记得？”郑苹嘿了一声，“都是周游爸爸想出来的噱头，说把这一场的票房收入全捐出去，再请些社会名流捧场。其实就是给自己挣名气，没意思。”

“您还年轻，不晓得您母亲当年的风头，说是风华绝代也不过分啊。”

正说着，郑苹手机响了。她接起来，是周父："苹苹，过来帮你妈挑旗袍，晚上穿的。"郑苹答应了。走到外面，有些起风了，夹杂着热乎乎的黏人的湿气。天气预报说有雷阵雨，看样子不假。路上很顺，一会儿便到了。走进去，郑母在换衣服，周父坐在沙发上看报纸。郑苹叫了声"周伯伯"，瞥见店员一旁候着，手里拿着几套旗袍。

郑母穿着一袭墨绿色的旗袍走出来。五十来岁的人了，身材依然保养得当，薄施脂粉，长发松松地扎起来，在顶上盘个髻。见女儿来了，照例是懒懒的神情，眼角一夹，并不停留。在周父面前转了个身，问他"怎么样"。周父连声称赞："这套比刚才那套还要好——"随即对郑苹道："我还有个会，你陪陪你妈，差不多就定下来，反正她穿什么都好看。"郑苹还没说话，郑母已是轻轻哼了一声："男人就是这样，嘴上功夫。"周父笑道："怎么是嘴上功夫呢，我可陪了你半日了。——苹苹，"又转向郑苹："挑完衣服再陪你妈去恒隆逛一圈儿，卡地亚或是宝格丽，把晚上的首饰也定一定。"

店员送上茶水。郑苹坐下来，挑了本画报。郑母也坐了下来："怎么样？"郑苹头也不抬："不是说了吗，你穿什么都好看。"郑母不作声，喝了口茶，拿出化妆盒，补粉。

"昨晚留那姓张的过夜了？"她拿粉扑在脸上轻按。

郑苹一怔，还未开口，郑母径直说下去："不是周游说的，别冤枉人家。”

“那是谁？”郑苹问。

“没人说，我就不知道了吗？”郑母收好化妆盒，“下午把人叫过来，跟我再对一遍。”

“昨天不是排过了？”

“十年没演了，还是再排一遍的好，省得丢你的脸。”

“你怎么会丢我的脸呢？”郑苹似笑非笑，“您可不是一般人。”

郑母淡淡地：“你走吧，该干吗干吗去，我不用你陪。”

“好，”郑苹停顿一下，“要我打电话把骆以达叫过来陪你吃午饭吗？”

郑母朝女儿看了一眼：“我自己会打。谢谢。”

“有一阵子没去他那儿了，怎么，吵架了？还是他毒瘾太大，看不下去？”郑苹叹了口气，“其实妈你也该劝劝他的，前天跟他见面，一条手臂伸出来，全是针眼，让人看了多不好。台上化了装不觉得，面对面站着，瘦得跟个骷髅差不多。啧啧，也作孽。他这副样子，再过一阵，连鲁贵都演不成了。只能演赤佬（鬼）。”郑苹说完，拿起茶喝了一口。

郑母目光投向窗外：“不用你操心。”

“我怎么能不操心呢？”郑苹叹道，“你是我亲妈又不是晚娘，妈在外面找相好的，做女儿的多少也要出点儿力。我也算是不错的了，又给他工作，又给他钱，隔三岔五还去看他，上个月生病了还陪夜——亲生女儿都没我这么地道。”

“差不多了。”郑母提醒她。

“其实有时候想想，真的挺有意思。撞死我爸的人，成了我的后爸。我妈的姘头，我好茶好饭地侍候着，一口一个叔叔，叫得比自己老爸还亲。下午有人夸你是‘风华绝代’，想想还真是这样。要不然这么复杂的关系，除了妈你，还有谁可以处理得这么一团和气，你好我好大家好，跟一家人似的。我爸在天上看了，肯定也特别欣慰——”

“别总是一副欠你多还你少的神情，”郑母说女儿，“你也不是天使。”

“我知道，但至少不是狗屎。”

“那张照片是谁拍的？”郑母朝她看，忽道。

“又来了，”郑苹嘿了一声，“说了很多遍了，不是我。”

“你爸去世没几天，照片就到了他领导手里。你逼得他走投无路，工作没了，老婆跑了，每个人都戳着脊梁骨骂他。你把他逼到绝路上了，他才会去吸毒。那时候你才几岁啊，二十岁都不到，郑苹你才不是一般人。”

“你是他什么人？”郑苹不客气地问母亲，“你替他抱屈，那我爸呢，谁来替他抱屈？姓骆的再怎么样，总归还活着，可我爸死得那么惨，是谁害的？”

“你说是谁害的？”郑母摇头，“我本来不想跟你吵的，可你这个小神经隔一阵就要发作一次，比来例假还准时。”

郑母冷冷地看她："是谁打电话让你爸去城隍庙买小笼包？他要不是特地跑去买小笼包，能走那条路吗？他不走那条路，会撞上车祸吗？啊？"

"我为什么要打那个电话？"郑苹望着母亲，一字一句地说，"因为，你和姓骆的在床上做不要脸的事，我怕他见了伤心，才故意让他绕路去买小笼包。如果我知道走那条路会遇到车祸，我怎么可能会打电话给他？就让他回来看见你轧姘头吧，哪怕再伤心，至少不会送命——"

郑母把茶杯重重一放，水泼出来，沿着桌角流下去，滴滴答答。

店员上前擦拭。母女俩沉默着。店员退下去。郑母先是不语，随即幽幽地说了句"看样子恋爱谈得不太顺利"，走进更衣室。再出来，郑苹已不在了。

郑母缓缓走到镜子前，望着里面的自己。旗袍将身形衬得极好。她腰细，但髋部有些大，穿别的衣服一般，唯独旗袍是最合适的。所以正式场合她通常是穿旗袍。家里的旗袍加起来，不下二十件。她记得初时与他交往时，他便说她"天生就该演繁漪"，说她是那种民国女子的气质，中西合璧，内外兼修，静若处子，动若脱兔。他说了一连串的成语，惹得她笑个不止。她与他，还有郑寅生，是大学同窗，毕业后都分到人艺。20世纪80年代，看话剧的人多，最鼎盛的时候，她走在路上，都有人叫她繁漪，那时的粉丝还比较含蓄，通常是叫一声，便在旁边看着，恭恭敬敬的。她与他，被人称作“金童玉女”，台上搭档，台下也是搭档。她以为嫁给他是早晚的事，但结果不是。他妈妈不喜欢他找个圈内的妻子，反对得很厉害。他要做孝子，便跟她分了手。他很快结了婚，办喜事那天，她喝了农药。遗书上写：“我先走了，来世再给你一次机会，如果你还是这样，那来世的来世，就不用见了。”她就是这样的脾性。农药分量下得很重，差点儿就救不回来了。嫁给郑寅生，一是因为这男人从大学时便对她用心，鞍前马后的；二来鬼门关走了一圈儿，多少有些心灰意冷，想着人生不过数十载，得过且过吧。婚后第二年，便有了郑苹。她以为自己会怨他一辈子，最恼的那阵，单只听到“骆以达”这三个字，便要绕道行。爱得愈深，恨起来也愈深。但后来的事，让她晓得恨与爱一样都不容易。恨他的那个，是嘴上的她，可心里的那个她，依然是爱得他入心入肺。他身上有磁石，与她刚好是正负极，只要过了安全距离，自然而然便会吸在一起。这是她的命，让她顾不上去考虑是对是错。床照那事捅开后，他和她走到哪里，背后都有人指指点点，都是有家有室的，更何况她还刚死了男人。照片拍得很露骨，脸和身子都清清楚楚。那阵子，在众人的眼里，她与他，就是潘金莲与西门庆。她不理会，对他道：“只要你一句话，我马上就嫁给你。”他有些抖豁：“你不怕？”她道：“只要你不怕，我就不怕。”她说这话时，其实已经猜到了他的答案。果然，他又一次退缩了。她这次倒是表现得很平静，连一滴眼泪都没落。几个月后便嫁给了周父。她与他是缘分，可谁又能说她与周父便不是缘分呢？那几年什么都变得快，今天这样，明天便是那样，心思分分钟都在活动。戏台上那些小精彩，渐渐便打动不了人心了。进剧院的人少得可怜。可只要有她的戏，台下人数总是能保证的。那男人是她的超级粉丝，放在过去，就是包她的场、往台上扔金戒指的那种人。她都不晓得他在她身上到底花了多少心思和金钱。嫁给他后，她甚至还问过他："我男人不会是你故意撞死的吧？"他瞥见她认真的神情，一时竟不知说什么好。"这就是缘分。你是演员，台上演的就是无巧不成书。难道还不信这个？"

郑苹车开出一段，便停在路边，下车抽了支烟。读大学时抽过一阵，后来戒了，不太彻底，但至少瘾是没了。可此刻，她迫切地需要一支烟。头疼得厉害。从英国回来后，她便搬出去独住，借此减少与母亲见面的机会。到底是成年人了，老是吵架不合适，不吵又忍不住，索性不见面干净。记得上次吵架，还是一两个月前的事。母女俩吵架有固定的路线图。话题不管是什么由头，走向都是一样的，三言两语，七拐八绕，总会到达那个点——那个要命的点。

空中传来一阵阵闷雷声，眼看着要下雨了。八年前，也是这样的天气。那天她在楼梯口给父亲打电话，闪电一道接着一道，响雷就像打在人的头顶。她回家换衣服，恰恰看见了母亲和骆以达在床上的那幕。她第一反应就是，不能让父亲见到。她给父亲打电话，问他在哪里，父亲说二十分钟后就到家。她谎称想吃松鹤楼的小笼包，让父亲去城隍庙买。郑苹每次想到这些，心里便会一阵抽紧，疼得整个人都要散架似的。母亲说得没错，如果没有那个电话，父亲不会死。她无数次在梦里把那天的情景重演，她没有回家，也没有看见母亲和骆以达，没有打电话，父亲也没有死。她整夜整夜地做梦，一会儿笑，一会儿哭，醒来时整个人都是空的。这些年，她对母亲有多恨，其实便是对自己有多恨。

旁边驶过一辆公交车，缓缓靠站。车身上是巨幅的《雷雨》海报，浓墨重彩的色调，繁漪占了大半的位置。端坐着，红唇雪肤，细眉入鬓，眼神冷傲中带了三分漠然。郑苹与她对视了一会儿，随即将半截烟往地上扔去，拿脚踩灭。

中午十二点，郑苹与张母坐在饭店靠窗的位置，远远看见张一伟走进来，便朝他挥手。张一伟走近了，坐下："怎么突然想着一起吃饭了，还把我妈拉出来？"

"伯母偶尔也该出来逛逛，吃顿饭喝个茶什么的。"郑苹叫服务员上菜，亲昵地替张母把餐巾铺好，"伯母这阵气色不错，蛮好。"

"好什么呀，过一天算一天了。"张母摇头。

"别这么说，医生都说化疗效果很理想，您身体底子又好，这么下去，笃笃定定能活到一百岁，”郑苹笑吟吟地，转向张一伟，“没影响你上班吧？”

“没有，反正中午本来就要吃饭。”张一伟道。

郑苹邀张母晚上去看话剧：“是最后一场，结束后有个慈善酒会，还能抽奖。您就当凑个热闹，给我捧个场。”张母忙说不用：“我这种土包子，上不了台面，去了反而给你丢脸。”郑苹说：“怎么会，您是一伟的妈妈，也就是我的妈妈，别人不到没关系，您是一定要到的。”张母求救似的朝儿子看去。张一伟道：“妈你就去吧，也难得的。”张母这才不作声了。

“衣服我都给您准备好了，”郑苹拿过旁边一个纸袋，递给她，“我拿您旧衣服去比照的，尺寸应该不错。”张母接过，有些局促地说：“这个，真是的——”郑苹又给她一张名片：“您下午去做个头发，再做个脸，就这家店，钱我付过了，您人过去就行。”张母更加不安了：“这辈子都没做过脸——”郑苹笑道：“您先试试，要是合适，我再帮您办张卡，以后每个礼拜都去一趟。到您这岁数，再不对自己好点儿，做女人就太亏了，是吧？”

吃完饭，郑苹先送张母去美容院，再送张一伟去单位。路上，两人都不说话。张一伟朝她看：“怎么我妈一下车，就没声音了？”她道：“你不是也没声音？”他道：“我是不敢发声音。”她嘿了一声：“为什么？”他道：“做错事了。”她问：“做错什么了？”他道：“其实应该我把你妈请出来才对。请吃饭，送衣服，做美容，这些都应该让我先来，男人不主动，被女人抢了先，就是做错了。”他说完笑笑。

郑苹不作声。半晌，道：“张一伟，我觉得你变了，跟以前完全不同了。”

“哪里变了？”他问。

“说不上来，反正变得不伦不类，文不文武不武的，像整容没整好，豁边了，走样了。”她不客气地评价。

“哪个更好？”他又问。

“你说呢？”她反问。

一会儿到了。车停在路边。他道：“晚上我和我妈一起过去。”她嗯了一声。他下了车，朝她挥手。她摇下车窗，也朝他挥手。踩下油门，反光镜里见他站在原地不动，心里莫名酸了一下。停了几秒，见他依然伫着不动，便又把车倒回去。

“怎么不进去？”她问他。

“没什么，就觉得挺对不起你的。”他朝她看。

她嘿了一声：“莫名其妙——”停顿一下：“知道对不起，那就对我好一点儿。”

“再好，也比不上你对我好。”

她哑然失笑：“演戏吗？早知道今晚让你上台了。”

他在她脸颊上轻轻一捏：“我进去了，晚上见。”

“晚上见。”

郑苹径直去了电脑城拿手机。维修铺的小弟很客气，说还让你专门跑一趟，不好意思。这人是老耿的远房表亲，一口本地话刮拉松脆。郑苹看了，果然视频和照片都在，便放下心来：“下次叫上耿叔，一起出来喝茶。”小弟答应了。

心情顿时好了许多。手机握在手里，便觉得踏实。父亲用了四五年，放在那时都是旧款。前几日周游还说：“拿着这个，跟你出去谈业务，都觉得底气不足，阿诈里（骗子）似的。现在连民工都不用这种老古董了。”周父也说过一次：“苹苹很节省啊——”郑苹猜他其实是知道的。他那样的生意人，大处精明，小处也不会糊涂。看在母亲的面上，这些年只把她的好挂在嘴上，坏处半分也不提。有时候郑苹也觉得自己是有些过分了。八年前，母亲再婚那天，郑苹去找了骆以达，说我妈请你喝喜酒。骆以达当然是拒绝了。郑苹不依不饶，说我妈说的，如果你不去，就让你们团领导来请你。骆以达不跟小女孩儿计较，只是劝她回去。郑苹一不做二不休，又以骆以达的名义包了个红包和一束鲜花，叫快递送到喜宴上。亏得酒席上人多事杂，郑母敷衍过去。郑苹到底是没有再出现，周父也不提这茬，反过来劝郑母，这个年纪的女孩儿，是难弄些。话剧社成立后，那时骆以达已是个不折不扣的烟鬼，演不了戏，靠老房子收租度日。她晓得他缺钱，吸毒的人瘾上来，便是让他去偷去抢，他也做。她高薪签下他，却不让他演主角，单单挑些不起眼的小配角给他，就像父亲当年演过的那些。父亲临死都不知道妻子和这个男人在床上的龌龊事，郑苹是在替他报仇呢。有些秘密是藏不住的。“郑总和骆老师有仇——”话剧社里大家私底下都这么说。连周游都提醒过郑苹了——“别做得那么明显”。关于这种桃色新闻，每个人的神经都是异常敏感，只需一鳞半爪，便能将现场还原个清清楚楚。郑苹猜周父也是知道的，但他从来不提。郑母是他的第三任，大家都不是白纸。周游的生母是高干子弟，周父靠她才发的家。之前好像还有一位。郑苹隐约听周游提过，但她不太在意。郑母也不在意，她一直是这样的人。郑苹从记事起，便觉得母亲整日都是一副淡漠的神情，对什么都不上心。周游对郑苹说过：“你妈是冷美人。”郑苹想，你是没见过她跟骆以达在一起。当然这话不能说出来，否则就真是过分了。对于骆以达，郑苹其实也已经谈不上多么恨了，更像是一种惯性，八年来只存着一个心思，便是要把骆以达弄得灰头土脸，要多狼狈有多狼狈。

车子到社里停下，周游变戏法似的蹦出来：“哈啰！”

她吓了一跳：“作死啊——”瞥见他额头那个包还未全消，便有些内疚：“还疼吗？”

“早不疼了，”他指着自己胸口，“就是这里还有点儿疼。伤了头，问题不大，伤了心，就比较麻烦些。”

郑苹嘿了一声：“我有创可贴，待会儿给你的心包扎一下。”

周游没吃午饭，办公室有方便面，替他泡了一碗。郑苹坐在对面，看他吃得香甜：“怎么来了？”他回答：“你妈说要换人。”郑苹一怔：“什么？”他道：“你先冷静，听我说——你妈想让骆以达演周朴园。”郑苹一拍桌子：“胡说八道！”

“就知道你会这样，所以我才过来，”周游道，“我爸特意叫我关照你一声，就让骆以达跟老耿换一下角色吧。”

“晚上就要演了，这时候换人，开玩笑啊？”

“姓骆的演了那么多年周朴园，稍微整理一下就行了。那个姓耿的，以前也演过鲁贵，问题应该也不大。反正待会儿还要再排练，就着重排他们两个的，不就行了？”

郑苹不语，拿起电话要拨号码，被周游拦下：“别弄得大家不开心。你也晓得，晚上那个酒会，我爸是很看重的。你别让他下不来台。”

“我就是怕他下不来台，才一定要打电话。再说排这戏花了我不少心力，我说什么也不能让它毁在这最后一场。”她说着去拿手机。周游一把抢过，嗖嗖几下，又把座机的线也全拔了：“是你妈又不是你仇人，老跟她对着干，不累啊？”

郑苹去抢，抢了半天没抢到，索性拿过桌上的车钥匙：“我当面去跟她说——”周游抓她手臂，她挣脱不掉，有些急了，一口咬下去。好在他早有提防，一让，她扑个空。

“那个要不是你妈，就算你们抡菜刀，我也不管。我是为你好。”他恳求的口气。

她到底是没去成。两人走到楼下，倚着树抽烟。一会儿，她说要喝酒，他不敢动，怕她又要走。郑苹道：“我真要走，你以为你拦得住？”他飞也似的去便利店买了半打啤酒回来。两人也不上楼，就坐在台阶上喝了起来。算起来，两人好久没这样喝酒了。最嚣张的是刚认识那阵，一个高三，一个大一，时不时地便去酒吧喝到深夜。统一口径，对爸妈只说是温习功课。郑苹初时的想法，是听周游诉说车祸时的细节。父亲去世的那一瞬，只是短短几秒，她央求周游，仔仔细细地把这几秒拉长、放大。再拉长，再放大。父亲是从哪里骑过来的，骑在哪条道上，靠里还是靠外，当时路上行人是多是少，父亲是一下子就去了呢，还是挣扎了一阵，他脸上表情如何，说了什么话，等等。周游是被这女孩儿吓到了。倒不是嫌烦，而是诧异于她这个年龄，居然那样冷静地谈论生死，不带任何感情地，只是单纯想知道那时的情形。她隔几日便求他说一遍。他说的时候，她眼睛微闭，眉心稍稍攒着，手心也捏着，虔诚的神情。她听得那样仔细，以至于偶尔他说错，她会立刻指出他的前后不符。后来两人渐渐熟了，他会开玩笑地问她：“你小时候听‘百灵鸟’少儿广播，是不是晚上听一次，第二天中午要再听一次重播？”她说：“有时候我真想杀了你爸爸——就跟他一样，在你爸胸口捅上一刀。”周游知道这个“他”是谁：“那为什么不捅？”郑苹停顿一下，沉吟道：“是啊，我为什么不捅呢？非但没有捅他一刀，还和他成了一家人，吃他的用他的。我恨我妈嫁给他，可我为什么也要跟过来呢？我是成年人了，有手有脚，就算扔在大街上也不至于会饿死。我要是再有骨气一点儿，还可以跟我妈断绝母女关系。所以有时候，我自己都不知道自己是个怎样的人，心里在想些什么。”周游听了便有些黯然：“我爸也不是故意的。”郑苹感慨：“所以这就是最尴尬的地方了，谁都不想故意做错事，但就是有人受伤害。”周游是第一次听到十几岁的女孩儿这样说话。“如果有一天我喜欢上你，不是因为你漂亮，也不是因为你聪明，而是因为，你太奇怪了。”

半打啤酒很快喝完。郑苹还要喝，周游不让：“准备待会儿打醉拳吗？”她嘿了一声：“我妈练过铁布衫，一般外家功夫根本没用。”他坏笑：“那我陪你练《玉女心经》，就杨过和小龙女练的那个。”她白他一眼：“你先把《葵花宝典》练好再说吧。”

他笑起来，问她：“还是跟我在一起更自在吧？”她知道他的意思，没接口。他又道：“劝你一句，别老跟你妈过不去。我爸跟我妈离婚那阵，我也特别恨我爸，觉得这老家伙忒不是东西，可后来再一想，他就算坏到天边去，总归是我爸，杀又杀不得，打又打不得，既然这样，索性好好过吧。”

“那是因为你妈现在还活得好好的。”郑苹道，“漂亮话人人会说，没轮到自己头上，说什么都是假的。”

“那也不见得非得死个爸或是死个妈才有资格来劝你吧？”

“不用劝，劝了也没用。我和我妈，这辈子就是冤家对头，不可能好得了。”

“说了你又要怪我多管闲事，可把你爸的死全怪在你妈头上，也不公平。这世上真的好人和坏人都不多，绝大部分都是中间地带。你、我，还有你妈、我爸，都属于这个范畴。做人嘛，就那么回事，没必要太执着。你那个张一伟，又是什么好东西了？”

“干吗又扯到他头上？”郑苹皱眉。

“我爸就算是为富不仁，他也不见得是出淤泥而不染，”周游嘿了一声，“摆出一副替天行道的模样，伪君子，我见了就想吐。”

“少借题发挥，”郑苹提醒他，“我现在是热恋阶段，智商30以下，听不进。”

“没关系，”周游豁达地说，“我这人有耐心，别说你们才刚开始，就算你和他结婚了，我也等着你们离婚的那天。不是我触你霉头，早早晚晚的事。”

“你就胡诌吧。”郑苹摇头。

他笑笑。停了停，忽地问她："你妈预备和我爸离婚，你知道吗？"

郑苹一怔，有些吃惊："啊？"

下午两点，社里排练《雷雨》。话剧社二楼是排演室。将原先的主人房、书房连同小茶厅打通，家什统统搬走，空荡荡的一大间，不算很正规，但也过得去了。每隔几天，演员们便到这里排演。导演是当下炙手可热的红人，靠周游出面，好不容易才将他请到。起初周游劝她自己当导演："你在英国学的不就是戏剧编导嘛。"郑苹不肯，说："学编导不见得就能当编导，我名片上印'艺术总监'已经很难为情了，如果再当导演等于是寻大家开心，拿您周少爷的钱开玩笑。"周游郑重地表态："我的钱就是你的钱。"这话郑苹早听惯了，只是笑："少豁胖，你的钱是你爸的钱。"周游涎着脸："我爸也是你爸。"这话让郑苹不舒服："我爸在天上。"周游只好自找台阶下："你爸先走一步，早晚都能碰头。"

周朴园和鲁贵到底是换了角色。跟老耿打招呼时，郑苹都不晓得该怎么开口，觉得挺不好意思。倒是老耿想得穿："没啥，本来就该这样。演了一个月的周朴园，算是尝了个鲜，也够了。"郑苹还是抱歉："临时换角，怎么都讲不过去。"

导演挺窝火，不好意思对女人发作，拉着周游数落半天。

周游对付郑苹没辙，但对付别人，场面话加实在话，软的硬的真的假的，很快便平息下去。一会儿，郑母姗姗来迟，见了导演说一句："抱歉，来晚了。"随行的小助理递上纸巾，她轻轻按着装面，嘴上对着导演，眼睛却瞟过不远处的骆以达，也是不落痕迹的。导演是"80后"，资历上差了一个辈分："没事，也才刚开始，还没到您呢——"周游亲自把郑母迎进去，恭恭敬敬地，一口一个阿姨叫得贴心贴肺："阿姨今天气色真不错，晚上肯定是个满堂彩。"郑母不答，见郑苹背对着自己，只当没看见似的，也不在意，径直走到一边坐下。

……

"你怎么还不去？"

"上哪儿？"

"克大夫在等你，你不知道吗？"

"克大夫，谁是克大夫？"

"跟你从前看病的克大夫。"

"我的药喝够了，我不预备再喝了。"

"那么你的病……"

"我没有病。"

"克大夫是我在德国的好朋友，对于妇科很有研究。你的精神有点儿失常，他一定治得好。"

“谁说我精神失常？你们为什么这样咒我？我没有病，我没有病，我告诉你，我没有病！”

“你当着人这样胡喊乱闹，你自己有病，偏偏要讳疾忌医，不肯叫医生治，这不就是精神上的病态吗？”

“哼，我假若是有病，也不是医生治得好的。”

……

这段繁漪和周朴园的对手戏，郑苹从小到大不知看过多少遍，隔了十来年，周朴园老了、瘦了，两颊那里瘪下去，与胶原蛋白一起消逝的，是一去不回头的好年华，流水似的，稍不留神便没了踪影。繁漪依然是旧模样，装化得浓，灯光一打，竟似比当年更艳丽了几分。这些年养尊处优，台上台下都是贵太太，气场也更接近了。

繁漪先下场。助理送上茶水，她喝了一口。导演道：“您演得到位。”她笑笑。一会儿，周朴园也下场了，与她隔了两个座位。郑苹远远站着，见繁漪撩了一下头发，脸朝他那边转去，不说话，很快又回到原位。他眼神微微一转，其实是与她打了个照面的，但不动声色。有时候郑苹也想，若是她与他真的结婚了，只怕未必有多么恩爱。反不及眼下这么若即若离似有似无，“求而不得”或许是男女间的最佳状态，夹缝里生出的那朵花最是撩人。郑苹心里叹了口气。是替父亲，也替自己。

目光不经意间与骆以达相对。郑苹微微欠身，做了个“骆叔叔”的口形。骆以达点头，表情多少有些尴尬。除去陈年旧事那段，上周他还问她预支了八万块薪水。不是第一次了。每次都是旧账未消，新账又来，一笔叠着一笔。他也实在是狼狈。银行信用记录是零级，亲戚朋友也不管他，走投无路了，只好问郑苹借。郑苹是有求必应，心想着就看你能走到哪一步。八年前床照的事，已经让他身败名裂了，吸毒的事小圈子里大家也是心照不宣。再说花的也不是自己的钱。周游都说过她几次了：“把我当死人——”郑苹说：“不是把你当死人，是当好人。”周游说：“你就欺负我吧。”郑苹说：“钱等于是我妈问你拿的，她不方便出面，只好我来。是她欠你人情，跟我没关系。”周游道：“你们母女俩，合起来欺负我们父子。”嘴上这么说，脸上却做出撒娇的神情。郑苹想起以前张一伟说的一句话：“逼债的和欠债的团团坐，一屋子祥和。”他嘲讽地说：“天底下每起车祸要是都能这么和谐地解决，那法官和警察就统统没事做了。”

骆以达坐着不停地打呵欠，鼻子揉了又揉，都红了一片。他瘾是越来越大了。一双手伸出来，鸡爪似的，指甲倒是还修剪得整齐——他年轻时也是个相当注重仪表的人。郑苹听父亲说过，他读书时与骆以达一个宿舍，睡上下铺，骆以达每天都拾掇得山青水绿，而父亲则不修边幅，穿了一个礼拜的衬衫，领口都发黄了，身上一披，照样大摇大摆地走出去。

那时两人是关系很近的好友。很长一段时间里，逢年过节，郑苹都会收到骆以达的礼物和压岁钱。那时郑苹去得最多的地方就是剧团，坐在角落里看排练。骆以达通常是站在居中的位置，灯光最亮。然后某个不经意间，郑父上场了——鲁贵佝偻着身子，因为惶恐而有些结巴："老、老爷，客、客来了。"周朴园道："哦，先请到大客厅里去。"鲁贵道："是，老爷。"腰弯得愈发低了，正眼也不敢瞧一眼。郑苹那时总是对母亲抱怨，爸爸在台上一点儿也不像他。"是演戏呢，"郑母向女儿解释，"台上那不是你爸爸，也不是骆叔叔，是另外两个人。"小郑苹便很想不通，私底下关系那么好的两个人，到了台上，原来可以演成那样。灯光一打，脸和身形还是和原先一样，人就成了另一个。"演戏"两个字，在郑苹心里是另一层概念，有些像"变了"的意思——人没变，心变了。是含着些伤感的成分的。所以渐渐地，郑苹就不喜欢看话剧了，说不上来为什么，就是不喜欢。即便不进去，站在剧院门口，也隐隐觉得难受。及至父亲与骆以达下了台，见到他们卸了装的模样，还是不舒服。郑母常说这小姑娘有些奇怪。"看个热闹罢了，"她道，"没必要想太多。台上有人富贵有人倒霉，台下也是如此——你索性别念书，出家当尼姑算了。"

手机响了，拿出来看，是张一伟发来的短信："排练得怎么样？"

她回过去："还行。"

"快下雨了，带伞没？"

"开车，不需要。"

他接着便没声音了。她猜他或许调了个闹钟，差不多时间便动静一番，纯粹礼节性的。

那罐纸鹤，他到底是没拿走。应该是忘了。她听他那样说，倒是重新擦拭了一遍，瓶盖有些生锈，拿铁丝球擦了半天，才又锃亮了。当年那张卡片，她也拿出来放在旁边。那句"做朋友好吗"，看着竟有些好笑了。当年生涩的小丫头，明明额头上写着"屁都不懂"，偏偏还要故作老成，脸是板着，眼里的殷切却是怎么也遮不住。被他那样拒绝，眼泪都涌到鼻尖了，强自忍着，一口一口咽回肚里。

导演冲到台上骂人。那个演四凤的女孩子，叫刁瑞，不是科班出身，因为认识周游，有些公关手段，便也挤了进来。脸蛋儿是一流，演技连三流也轮不上。导演都跟郑苹说过几次了，这人不行。郑苹再去跟周游说。周游回答得也很实在："我的人，你替我罩一罩。四凤嘛，只要漂亮就行，要不然怎么周萍和周冲都喜欢她？"郑苹又好气又好笑。有时候周游对她疯话说多了，她便拿这些触他的霉头："别的不说，光我社里的女演员，跟你好过的，加起来五个不止吧？"他扳着手指："不止，算上刁瑞一共七个——不玩女演员，我砸那么多钱办话剧社，吃饱了撑的？"郑苹点头："大实话，我喜欢。所以啊，你玩你的，少来惹我。”他恬不知耻：“玩归玩，老婆还是你。”郑苹摇头无语。他说下去：“这么多女人，我只给你画过肖像——”他指的是她二十岁生日那天，他硬逼她坐着不动，给她画了幅素描。那时她还留着一刀平的厚重刘海，鼻子上有颗青春痘，唇线不太清晰，脸颊比现在要丰润些。他把这些特点更加重几分，让她看上去显得有些傻乎乎。她不满意，作势要把画儿扔了，他不答应，死活让她收起来：“等你老了，回想起来，我是第一个替你画肖像的男人。”他说这话时，眼里没有一丝开玩笑的意思，神情一本正经得像个孩子。

被导演训了几句，“四凤”求救似的转向周游。周游扭头不看，瞥见郑苹似笑非笑的神情，耸了耸肩。“刁瑞”用上海话念与“貂蝉”是同一个音。郑苹常取笑周游：“找了个貂蝉，绝世美女啊——”周游说刁瑞这个人挺难弄：“姓刁的，一听就不好对付。”前阵子她居然怀孕了，拿着检查结果找他要说法。他被逼急了，只好搞了张已结扎的医生证明，把她吓了回去。郑苹笑说：“四凤都演上了，怀你周少爷的孩子还不是早点儿晚点儿的事？”周游摇头：“没意思，到这份儿上就没意思了，胃口太大，弄不好吃进去的全部吐出来。”

导演气吼吼地下台来，对郑苹说：“马路上随便拉一个过来，都比她强。”郑苹笑笑，没接口。吃这碗饭的女孩儿，心思一半在台上，一半在台下。刁瑞属于没掌握好比例的那种，有些失调。平时见了她一口一个阿姐，叫得很是亲热。郑苹劝她有空可以去读个戏剧表演课程，补一补台词功底，还有走位什么的。她也只是敷衍。郑苹办话剧社，本意是想替父亲出个气，圆个梦。进来了才晓得，原来之前听说的那些，十之八九都是真的。做人的套路，台上台下都差不多，台下是浩瀚的人生，台上是浓缩的世情。想得到的，想不到的，分分钟都在发生。剧本讲究的是“情理之中，意料之外”，现实每每也是如此。

排练中场休息。郑苹坐着看手机，一条短信跳出来：“六小时内本市将有雷电灾害性活动，请市民留意。”再随意翻看，照片和视频果然是都还原了。当初手机交给老耿时，郑苹千叮嘱万叮咛：“别的无所谓，那些照片和视频，一定要给我留住。”老耿说：“放心，你和你爸的回忆丢不了。”她眼圈儿顿时就有些红，不自觉地低下头：“我这人有些傻——”老耿看着她，叹气：“这不叫傻，最多是痴。”

照片一张张飞快地翻过去，忽觉得不对，再翻回来——脸色不由得一变，下意识朝旁边看去，把手机合上。原地怔了几秒，思路有些跟不上。猛地站起来，撞到旁边椅背上，踉踉跄跄朝前冲了几步，差点儿摔倒。快步上了楼，走进办公室，把门锁上。脑子兀自是嗡嗡的，做梦似的。手机握在手里，都不敢碰了。过了片刻，才又重新拿起来，翻看。

手机里的视频与照片，都是熟得不能再熟了。几乎都能背下时间地点。只是突然间多了一张，时间久了画质不甚清晰，但依然能看清是一男一女在床上，正是郑母与骆以达。郑苹怔怔看着，大脑起初是一片空白，像被人撞击了一下，渐渐地，思路一点点理顺了。看照片的存档时间，正是车祸前几日。手机是父亲的，照片自然是他拍的。将照片发去团领导那里的人，也只能是他。领导有他们的考量，收到照片后未必马上动作，或许拖了几日，事情因此在父亲死后才爆发。这些都是有可能的。父亲将照片发出后，应该是立刻便删除了。只是他万万没想到，店员在修复手机的时候，竟然将已经删除掉的文件也统统还原了。当年陈冠希也是由于这个原因，才引出一场“艳照门”。郑苹觉得额头有些凉，一摸，竟然全是汗。手脚有些发麻，紧接着，全身不自禁地颤抖起来。眼前闪过鲁贵那张因为堆笑而有些扭曲的脸，躬着身，嘴里叫“老爷”，因为脸上作得厉害，人又矮着，便看不清眼里的神情。郑苹拿过一瓶水，咕噜咕噜灌下半瓶，喘着气，重重地甩了一下头，像要把什么东西狠命甩出去。细想一下，中午那小弟的神情是有些异样，想笑又不敢笑似的。不该是这样，她心里一遍遍地说。不该是这样。

回到排练室，周游见到她，吃了一惊：“脸色这么差，不舒服？”她摇头：“没事。”坐着继续看排练，然而只见到台上人影在动，什么也没看进去。一会儿，一人在旁边座位坐下，她侧目看去，是老耿。“累了吧，”他说她，“看你眼睛都直了。”郑苹勉强笑笑，瞥见老耿神情与往常无异，猜想他或许不知道这事。又有些吃不准，按常理，那小弟是他远房亲戚，手机该他拿回来才对，而让她亲自去一趟，似是有故意撇清的嫌疑。

郑苹指着手机：“修好了，谢谢耿叔。”他道：“小事情。”她道：“都没收钱，挺不好意思。”他道：“你平常那么关照我，这点儿小事再收钱，我也别做人了。”郑苹道：“话不能这么说，亲兄弟还要明算账呢。”边说边留意他的反应，并不觉得有什么。想或许是自己多心了。老耿又劝她：“换个手机吧，一个时髦大姑娘，拿着这个怪别扭的。”郑苹不语。老耿又道：“等到了我这岁数你就明白了，世上没什么是放不下的，你这么放不下，苦的是你自己。想开点儿，你才几岁啊。”

去卫生间洗了把脸，站在镜子前半天，莫名地有些害怕。不敢出去，不敢开口，不敢面对别人。像半夜做个噩梦，一脚踩空，醒来有些无所适从。郑苹走出来，到阳台抽烟。见到一辆黑色小轿车缓缓驶近，停下，司机匆匆出来开门，周父从车里走下来。便怔了怔，想他怎么也来了。抽完烟，回到排练室，周父已坐在那里。郑苹上前叫了声“周伯伯”。周父笑吟吟地，在她肩上一拍：“苹苹辛苦了。”导演指着旁边两箱饮料：“周总给我们发补给来了。”周父道：“今天晚上结束后，夜宵我请。”众人都鼓掌。郑母坐在边上不动，静静地看剧本。骆以达也不动，依然与她隔了两个座位。周父主动与他打招呼，叫声“骆老师”。骆以达要站起来，他做了个往下按的手势：“您坐您坐，天气热，大家辛苦了。”骆以达道：“房间里有空调，倒还好。”周父道：“总归辛苦的。骆老师最近怎么样？”骆以达道：“蛮好。”周父点头：“瘦了，不过精神看着倒比上回好些。”骆以达嘿了一声：“好什么，都五十好几了，老了。”周父道：“骆老师就算到八十岁，气度风采还是在的。您呀，是人不老，心也不老。”说着笑起来。骆以达停顿一下，也笑了笑。

周游哧了一声。郑苹旁边听见了，问他：“怎么？”他耸耸肩：“没怎么，鼻子有点儿痒。”郑苹道：“有话就说。”他停了停：“要是你嫁给了我，再跟那个姓张的搞七捻三，我可做不到我爸这样。”郑苹摇了摇头，没作声。周游又道：“我要是女人，也喜欢骆以达。”郑苹问：“为什么？”周游回答：“不知道，就是有这种感觉。男人看男人，其实更准。讨女人喜欢的男人，男人一闻就闻出来了。”

周父重又回到郑母身边坐下。“真人比海报更漂亮。”他递给郑母一张塑封的海报，是这一场《雷雨》的特别版。郑母接过，看了一眼：“PS得都不像我了。”周父笑道：“你也知道PS？”郑母嘿了一声：“我是外星人，连PS都不知道？”周父便笑着转向郑苹：“你瞧你妈，越来越懂经了。”

又说预备把晚上这场的收入全部用于慈善，“你看怎么样？”他问郑母。郑母道：“你都定了，还来问我？”周父去揽她肩膀：“要夫人拍板了才行。”

这边说说笑笑，那边骆以达一人独坐着，手里拿着剧本，也是看看停停。郑苹见周围无人留意，便走过去，从口袋里掏出一样东西塞到他手里，骆以达接过一看，竟是一根针管，顿时张口结舌起来。“这——”郑苹道，“落在走廊里，我捡起来的——小心点儿，给人看见总归麻烦。”骆以达涨红了脸，把针管收好，嗫嚅着：“苹苹——”郑苹道：“下月排新戏，《茶馆》。”骆以达停了停：“黄胖子还是刘麻子？”郑苹一句“庞太监”在嘴里打了个转，瞥见他鬓角与胡须泛着雪白，心头涌上一丝酸楚，犹豫着：“再看吧。”

黄昏五点，雨还没落下来。天色已是难看得很，像顶着口锅盖。风一阵接着一阵，越来越凌厉。将窗帘吹起九十度角，仙人掌的刺针都在沙沙抖动。老天爷憋着劲儿，似是要把这铺垫做到最足，才肯爽爽气气地落一场。

周父站在窗边，眉头微皱，似是不太满意这天气。旁边一人问他：“周总不喜欢下雨天？”他笑笑：“那倒不是，只不过今天是大日子，下雨总归烦心些。”那人凑趣：“周总见惯大场面了，还怕这点儿小雨？”周父便嘿了一声：“你不晓得，人跟什么东西较劲都可以，唯独不能跟天较劲。人在老天爷面前，就跟个小蚂蚁没两样。说一个人‘天不怕地不怕’，那要么是假的，要么就是傻子。”

排练结束后，郑母说想去附近走一走。周父道：“七点半开场，时间有些紧，况且天气也不好。”郑母道：“只走一会儿，用不了多久。”周父拗不过，只得随她：“我待会儿还有事，让苹苹陪你吧。”郑母想说“我不用人陪”，郑苹已接了口：“好。”郑母不禁有些意外，朝她看去。郑苹到抽屉里拿了把伞：“顺着襄阳路走到复兴路，从那头再绕回来。”

母女俩缓缓走着。这一段因为毗邻陕西路、淮海路，也算得半条主干道，虽规定了单行道，但马路窄，还是显得逼仄。郑母的高跟鞋，室内走得漂亮，室外走就有些辛苦。一路“叮叮”地过去，一脚高一脚低，自己受罪，旁人看着也难受。郑苹道：“一会儿要是下雨，你这双鞋就废了。”郑母道：“习惯了，在外面不穿高跟鞋就跟没穿衣服似的。”郑苹嘿了一声：“累不累？”郑母道：“做人哪有不累的？”郑苹道：“那你索性踩高跷吧。”郑母摇头：“又来了，你累不累？”郑苹道：“不是说了，做人哪有不累的？”

郑母停下来。郑苹瞥了一眼她脚踝处，都磨红了。从包里拿出创可贴，蹲下身子，替她贴上。站起来，与母亲目光相对。郑母停顿一下：“随身还带这个？”郑苹道：“以防万一。”郑母道：“你倒是周全。”郑苹道：“天底下的事情，今天保不准明天。全靠自己当心。”

母女俩复又向前走去。

“和那男人怎样了？”郑母问。

郑苹停了停，没有正面回答，而是问母亲：“男人对你是不是真心，怎么看得出来？”

郑母思忖一下：“有时候得凭感觉。讲不清的。”

“他呢？”郑苹问，“是不是真心？”

“谁？”

“明知故问。”

郑母沉吟着：“应该是吧。”

“那我爸呢？”郑苹没头没脑地来了句。

郑母怔了怔，还不及回答，郑苹又问：“我爸是个怎样的人？”

“你爸，对我不错。”

“你和骆以达的事，我爸知道吗？”郑苹径直问下去。

郑母又是一怔：“还是到此为止吧，晚上有演出，大家都别坏了心情。”

“我没想跟你吵架，”郑苹踢着脚下一块小石头，“就是有点儿好奇。”

“你爸那个人，就算知道了也只会憋在肚子里，不会声张，”郑母停顿一下，“他是个老实人，其实挺有才气，就是运气不好。”

郑苹不语。过了片刻，又问："听说你要离婚？"郑母诧异地问："周游说的？"郑苹学她之前的口气："没人说，我就不知道了吗？"

一辆助动车从后面驶来，郑苹将母亲朝里推些。郑母觉出这动作有些反常的亲昵，心头一暖："你说——我下半辈子要是跟他过，怎样？"

"你哪里还有下半辈子？最多三分之一了。"

"所以啊，"郑母并不以为忤，"三分之二都浪费了，再不抓紧，就来不及了。"

"我无所谓，你开心就好。"

"都这把年纪了，也不是为了开心——安心还差不多，"郑母道，"他都落魄成那样了，再撇下他，实在说不过去。"

郑苹不吭声。瞥见母亲的侧脸，颊骨与下巴连成一个圆润的线条，睫毛颤着。五官也是柔和至极。母女俩许久没离得这么近聊天了。风愈来愈大，将她前面一绺刘海吹得不断扬起，她拿手去捋，刚捋上去，又落下来。捋了几次，便索性不管了。

"有事？"郑母朝女儿看。

郑苹一怔，把表情做得更自然些："没事。"

"今天有点儿奇怪。"

郑苹嘿了一声，掩饰地说："在你眼里，我一直是奇怪的。"

回到话剧社，司机已等在路边。郑母上了车。郑苹到办公室去拿包，经过排练室时，见门虚掩着，里面似是有人。走进去，见骆以达一人坐着，动也不动，老僧入定般，连她推门进来也未察觉。

“骆叔叔。”郑苹叫了声。

他一震，猛然醒觉：“哦。”

“怎么还不走，一个人坐在这里？”

“啊，这个——”他似是还未回过神来，霍地站起来，“我马上就走，马上。”

郑苹见他脸色发白，整个人竟似在发抖，不禁吃惊：“您没事吧？”

“没事，没事。”他朝外走去，脚不知被什么绊了一下，险些摔倒。郑苹扶住他，说声“小心”，摸到他手心一片冰冷。他勉强笑笑，出去了。

老耿也没走，在阳台抽烟。郑苹问他：“刚才我和我妈出去那会儿，没发生什么事吧，怎么骆以达脸色难看成那样？”老耿表情有些微妙：“没什么，就周总拉他聊了一会儿。”郑苹没再多问，心想周游爸爸这就有些失分寸了，晚上还要演出呢，兴师问罪也不该挑这时候。拿出手机要给母亲打电话，让她安抚一下。想想又放下了，这当口多一事不如少一事。老耿还在说刚才排练的事：“老骆演周朴园，到底是不一样。”郑苹嗯了一声。老耿又加了句：“你妈也是，功架在那儿，原先那个完全没法比。”郑苹有些心不在焉，只是笑笑。

正要出发去剧场，忽然接到导演的电话，火急火燎的声音：“刁瑞的事，你知道吗？”

郑苹一愣：“怎么了？”

“这小女人，莫名其妙给我发了条短信，说她晚上不演了，让我另外找人。”

郑苹诧异极了：“怎么回事？”

“谁知道，下午还好好的，突然说不演就不演了，她要早说倒还好，我老早就想把她换下了。可现在这个时候，让我上哪儿找人去？”导演气急败坏，有些口不择言，“今天是怎么了，一会儿是换角，一会儿又给我玩人间蒸发，老的小的，存心想把我弄疯是不是？”

郑苹说声“我来想办法”，挂了电话，立刻便给周游打过去。

“你们家貂蝉怎么回事？”她问。

电话那头停顿一下，有些诡异的口气：“那得先问你们家张一伟怎么回事。”

郑苹愣了愣，一时没明白。

“你的男朋友，把我的人藏了起来，什么意思？”

“再说明白点儿。”郑苹有些不耐烦。

“电话里说不清楚，你来剧场再说。”不待郑苹回答，那头已先挂了。

去剧场的路上，郑苹不停给张一伟打电话，都是忙音。把油门踩到底，小厢车当跑车开，呼啸着来到大剧场。一众演员都在。导演不停地打电话，联系四凤的候补。勉强找到一个，但也没敲定，说还要再看看。导演气吼吼地对周游道：“你把酬劳给我往死里开，现在只能拿钱压人了，压死一个算一个。”周游答应了。郑苹把周游拉到一边：“说吧，到底怎么回事？”

“还能怎么回事？姓张的想整死我。”

郑苹愈发吃惊了：“什么意思？”

周游停顿一下：“上个月，我叫刁瑞陪个土地局的处长过夜，替我搞定一个项目。姓张的肯定是知道这事了，所以先把刁瑞藏起来。刁瑞要是上庭做证，这官司我非输不可。”

郑苹倒吸一口冷气，这才知道事情的严重性。

“你怎么知道是张一伟把她藏起来了？他要是真想整你，直接上法庭不就行了，干吗还告诉你？”郑苹想不通。

周游不说话，把手机递过来，给她看上面的短信：“最后给你一次机会，如果你不答应，那我们法庭见。做不成夫妻，那就做仇人吧。你好好考虑。”

郑苹一怔，随即明白是刁瑞拿这事要挟周游。摇了摇头，把手机还给周游：“你活该。她不是你的人吗，还让她去陪什么处长？真不要脸。”

“这女人，别把我逼急了。”周游咬着牙。

“乌七八糟——”郑苹皱眉。

“别说得你像天上下来似的。这世界就这样，你不知道？”

郑苹晓得他心烦，不跟他计较。这时，周父和郑母也到了。周父应该是已经知道了，但神情依然无异，笑吟吟地安抚众人：“这就叫好事多磨。”只是叮嘱了郑苹一句：“待会儿酒会的开场，苹苹你替我盯好。”郑苹答应一声。酒会开场有个仪式，是她负责的。找了个专业的晚会策划，按周父的要求，要弄得风风光光。

周父近年来开始涉足慈善界，成立了一个基金会，就在今晚揭牌。张一伟说他是“老鸨子改行当妇联主席”，这话有些刻薄。郑苹觉得张一伟太钻牛角尖了。郑苹也爱钻牛角尖，比如父亲那件事。但郑苹的牛角尖，是就事论事地钻。张一伟不同，他喜欢把问题上升到另一个层次，再呈放射状向外延伸。在郑苹看来，其实是有些不讲道理。当年那笔事故赔偿金，张家到底是没有收下。因此这些年，他和他母亲过得很苦。他很少与郑苹聊起这事。唯独有一次，他与郑苹在墓地偶遇。两家父亲都葬在嘉定松鹤公墓。两人本来话不多，但在这种场合碰到了，出于礼貌，便各自到对方的父亲墓前鞠了个躬。郑苹看碑上的照片，张父长相很温和，眉眼淡淡的，像老太太。算下来，走的那年是四十三岁，比郑父还小一岁。

那天，张一伟告诉郑苹，其实是他妈不肯收那笔钱。他妈是个很硬气的人，也吃得起苦。他父亲去世前在一家私营工厂干活儿，后来厂长卷了钱跑了，拿不到工资，家里开销就靠他妈给人家做钟点工。他父亲的意思是，上海待不下去了，看样子还得回苏北老家。他妈不肯，说老家原先的棉纺厂也倒闭了，回去也是饿死。她说实在不行就做点儿小生意，卖大饼油条，或是沙县小吃什么的。“他们是希望再撑个几年，等我考上大学，好歹能有个盼头。可没想到——”张一伟说到这里，哽咽了一下，又说到那笔赔偿金，“想拿钱买我爸的命，没门。”郑苹觉得这话好像不对，但一时也不知该怎么反驳。他讲话毫不顾忌：“我挺佩服你妈，居然会嫁给撞死自己老公的人。你也是，一点儿也不觉得别扭吗？换了我，一把火烧个干净，然后直接上少林寺了。”郑苹听了挺不舒服，但不想在他面前失态，把话说得四平八稳：“你爸和我爸的死，不能全怪周游爸爸。”他有些嘲弄地看她一眼：“他要是个穷光蛋，你也会这么说吗？”这话更加过分，不给人留余地了。郑苹那时才二十岁不到，换了别人早就发作了，但张一伟是例外，女孩儿碰到心仪的男生，总是会装腔作势一番。郑苹记得自己那天修养很好，始终保持着三十六度七的健康体温，打定主意就算他当面骂娘也绝不还口。她对他说：“天底下的事情，其实讲不清的，没必要每件事都去争个是非对错，你劝劝你妈，把那笔钱收下来多好。”她终是纠结于他没有收下那笔钱。她有个老邻居与他上同一所高中，隔三岔五便把他的事情告诉她。他每天都带饭，基本上是白饭加咸菜。永远穿一双鞋。学校里凡是要花钱的活动全部不参加。除了上学，所有的时间都用来打零工。他甚至在校园里捡同学喝完的饮料瓶子，装进书包。郑苹本来也恨周父，后来再大些，将心比心，便觉得周父也不容易，毕竟责任不在他，换个面黑心冷的，一句“谁让你爸自己闯红灯”便能把你弹回去，更何况人家还挨了一刀。收下那笔钱，接受人家的歉意，与人方便，自己方便，是两全其美的事。可张一伟不同意。他咬牙切齿地对她道：“大家都是人，凭什么别人撞死人就要坐牢，而那老家伙撞死人，一点儿事也没有？他凭什么这么嚣张？有钱就可以逍遥法外，就可以为所欲为吗？他头上长角吗，有免死金牌吗？”张一伟的语气充满了不平与愤怒。郑苹无言以对。她猜他这么偏激，应该与他之前的家境有关。她不知道该怎么劝他，她和他的思路是两条平行线，交不了集。

没心没肺起来，她也曾把他的话学给周游听。周游道：“在穷人眼里，总觉得天底下的有钱人，统统都是为富不仁。其实这也是一种心理变态。姓张的就是个彻彻底底的变态。”唯独提到张一伟，周游才会把话说得这么促狭。他曾经问郑苹，到底喜欢张一伟哪里？郑苹答不出来，说：“喜欢就是喜欢，没道理的。”那时他才二十出头，为此大受刺激，几天后大学里期末考试，居然一个人跑去西藏，回来时整个人晒得乌漆墨黑，包里塞满了皱巴巴的画纸。门门功课都缺考，成绩单上清一色的零分。周父没收了他所有的信用卡，罚他在家反思。换了别的女孩儿，也许会安慰他一番。可郑苹没有。她觉得还是不理他比较好。她甚至在他心情平复了以后，很认真地替他分析：“为什么张一伟会说你们为富不仁？换了他，心情再糟糕，也不敢不考试，因为大学文凭对他很重要，他的前途，他和他妈妈的将来，都要靠这张文凭。可你无所谓，哪怕你只有小学文凭，你爸照样可以安排你到他公司去上班，你是太子爷、接班人。所以说，不是你有个性，是你有资本。在我看来，你这种举动一点儿也不帅，反而说明你小儿科。”周游吃瘪。男人碰到促狭的女人，其实挺头疼，打不得也骂不得，只能投降。有时候郑苹也觉得挺对不起周游。别的不提，单是话剧社那幢小洋房，便是周游买了给她的。她死活不要，周游劝到最后，也烦了，丢下一句：“是借给你用，又不是把产权给你，你每月付房租就是了。”她才答应了。心里清楚，她占着他的好处，却又不承他的情，忒不厚道了。连郑母都提醒过她几次：“你要怎么收场？”郑母自己情路坎坷，于男女间的进退算度，便看得极为清透。彼此花在对方身上的用心，像天平上的砝码，多一分，少一分，立刻便显现出来。她说郑苹，女人最忌讳话说得不清不楚，要么是虚荣，要么就是糊涂。郑苹想想也是，跑去对周游交了底：“你再怎么花心思也没用，这辈子不可能的。”谁知周游只是哦了一声，听过便算。接下去一切照旧。郑苹觉得，不是自己说得不够清楚，而是那位脸皮太厚。但不管怎样，郑苹对周游还是心存感激的，倘或没有他，这些年她会过得更糟。比起张一伟，周游其实更像个孩子。她记得他大学毕业后，第一次陪父亲去谈生意，直至半夜才回来，敲开她的门，呆呆一坐就是半晌。他说他不喜欢那种环境，不喜欢酒席上大家说话的模样，别扭极了，“看样子以后要一直这样了，怎么办？”他一脸苦恼，茫然地看着郑苹。郑苹其实也没有答案，连安慰的话也不知从何说起，照例又是喝酒。周游说他高考填志愿时与父亲几乎大打出手。他想报考美院，可周父硬要他读“企业管理”。周父说，等你坐到我这位置，便是一天画十幅也无妨，画画儿这玩意儿，是锦上添花，跟打高尔夫玩赛车差不多，靠它吃饭就没必要了。他拗不过父亲。原则问题上，周父从不会退让半分。两个半大不小的孩子在那晚断断续续地感慨着人生，说着“人生不如意十之八九”“天涯何处觅知音”。酒精让思路时而停滞，时而跳跃，继而混乱无比。他问她：“我本来能当画家，你信不信？”她很郑重地点头：“信。”——后来的日子里，无论周游在生意场上磨砺得如何滴水不漏、收放自如，郑苹始终觉得，那天晚上那个愁眉苦脸的傻小子，其实才是真正的他。

周游的电话响了，他到一旁接听。片刻后，走到焦头烂额的导演身边，拍了拍他肩膀："朋友，别烦恼了，刁瑞一会儿就到，照旧演她的四凤。"

晚上七点，大剧院后台，一众演员都已化装完毕，各自坐着待命。郑母有独立的休息室，闭目养神。助理替她按摩后颈。阴雨天，颈椎就酸痛，老毛病了。门半开着，正对着骆以达，瞥见他拿着一本书在看。这是他多年的习惯了，临上场前要看书。二十年前他最喜欢看苏联小说，《安娜·卡列尼娜》《罪与罚》《复活》……厚厚一本拿在手里，说是最能稳定情绪。她不一样，嫌看书太累，费脑子，倒把好不容易记住的台词给忘了。他出身书香门第，父母都是大学老师，再往上，他爷爷是国民党的高官，1949年去了台湾。他家教很严，要不是赶上那段时间，他父母无论如何不会让他去当演员，尤其是他母亲，很高傲的模样，看谁都觉得是下九流。郑母有时候也想，亏得没嫁给骆以达，否则婆媳关系处不好，也难受。各人有各人的缘法，她和他，命中注定便是要这么折腾。几周前，她把意思跟他说了。他瞪大眼睛，半晌，又是那句："你不怕？"她也还是那句："只要你不怕，我就不怕。"她面上无异，心里其实是有些忐忑的，怕这人又往后缩。他都到了这个境地了，退无可退，该他患得患失才对。倘若他口里再说出个“不”字来，她打定主意，这辈子是不会再与他见面了。幸亏没有。他抖抖豁豁地，把她揽入怀里。她听到他隐隐的哽咽声，那一瞬，心头一酸，眼泪也跟着落下来。

骆以达合上书，起身去卫生间，一张卡片似的东西从书里掉出来。他没察觉。一会儿回来，见郑母站在那里，手里拿着那张登机牌，心里咯噔一下，与她目光相接。两人不说话，也不动，就那样站着，僵持着。旁人见他们的模样，都诧异不已，也不敢出声。只隔了几秒钟，便似几个世纪那样漫长。骆以达嘴巴动了动，想说话，却一个字也发不出来，喉口似被什么堵住了。

“要去澳洲？”还是郑母先开的口。

“嗯。”他有些涩然的声音，像含着口痰。

“旅游？”她看他，完全询问的口气。

他深吸一口气，又吐出来，似是斟酌了许久：“不是。”

话说出口那瞬，他看到她眼里有什么东西闪了一下，随即湮灭了。像萤火虫逝去的时刻，从绚烂到枯竭，只是一秒钟的工夫。他甚至听到她身体里嘣的一声轻响，什么东西断了。他内疚得都不敢看她了。周游爸爸很地道，买的是头等舱的机票，话说得也贴心贴肺：“澳洲是好地方，养老最合适。那边都安排好了，完全不用你操一点儿心，这两天收拾一下，下礼拜二就走。”他一百个不情愿，可完全没有招架的余地。周父的口气一点儿也不像威胁："是去澳洲享福，还是要在牢里待个三五年，骆老师您自己决定。"骆以达收下登机牌的时候，手抖得厉害，几乎都握不住了。眼前发黑，身子晃了几下，扶住椅背才勉强撑着不倒下去，又恨恨地想，你有什么资格昏倒，你就是死，也是不够格的。你就卑微地活在这世上吧。他想到"卑微"这两个字，竟窘得有些想笑了。

郑母站了会儿，说声"蛮好"，便要回到原座。骆以达依然是不动。周父旁边走过来，亲亲热热地扶住她的肩膀："骆老师这么快就公开了？不是说等话剧结束才宣布嘛。也对，好事情，晚说不如早说。上海 AQI（空气质量指数）那么吓人，换了我也想移民。恭喜啊骆老师。"

众人回过神来，纷纷向骆以达表示祝贺。郑苹有些担心地看向母亲。后者只是轻轻摇了摇头，便走去卫生间。郑苹跟上她，也不说话，只是与她并肩。郑母说："你去吧。"郑苹嗯了一声，却不走开。郑母又说一遍："去吧，让我静静。"郑苹这才停住。瞥见众人的神情，嘴上说着"恭喜"，却都是有些异样。后台的气氛陡然变得有些诡异。骆以达坐着，不说话也不动弹。周游走到郑苹身边，幽幽地来了句："人生如戏啊。"

郑苹不语，想起下午问母亲"男人对你是不是真心，怎么看得出来"，母亲那时的口气，其实也不是很有把握的。

说到底每个人只能对自己负责，再亲再熟的人，一颗心终究是隔了肚皮，完全估不准的。郑苹心里叹了口气，又想起父亲拍那些照片，把所有人都蒙在鼓里。母亲至今仍认定那照片是她拍的。世上出乎意料的事情太多了。郑苹记忆里的父亲，话很少，好好先生的模样，母亲说什么，他就听什么，从不违拗，跟骆以达也是亲兄弟一样的交情。她无论如何想象不出，父亲躲在暗处拍照时，会是怎样一副情形。按下快门那刻，瞳孔收缩，拳头握紧，扭曲的快感。台上输给他的，台下双倍来讨。连同她给他的屈辱，一起来算。郑苹猜想，父亲对母亲，应该也是真心的。周游说过，讨女人喜欢的男人，男人一闻就闻得出来。女人也是如此，讨男人喜欢的女人，女人也能闻出来。加上周父，母亲占了三个男人的心，却一点儿也不快乐。这些年来，郑苹头一次觉得母亲可怜。

“怎么搞定刁瑞的？”郑苹问周游。

周游不说话，鼻子里哼出一口冷气。

郑苹猜到了答案：“她真缠着你结婚，怎么办？”

“那就结吧，”周游恶狠狠的口气，“你等着我，我早晚弄死她，再来寻你。”

郑苹朝他看，不合时宜地笑了笑。如果不笑气氛就更不对了。明明是六月里的天，毛孔竟生生滋着冷气。停了停，她傻乎乎地说句：“结吧，早晚总要结的，讨个貂蝉也不错。”

正说着话，一人从外面进来，正是张一伟。穿得很正式，西装领带，头式也很清楚。他绕过众人，径直走到郑苹面前。郑苹怔了怔，还未说话，他已先开口：“我妈坐下了，我进来看看你。”

郑苹停顿一下：“哦。”

“还是头一次来后台，挺有意思的，”他瞥过一旁的刁瑞，神情不变，又朝周游点点头，算是打招呼，“周公子，这阵子还行吧？”

“托你的福，蛮好。”

“气色不错。”张一伟加上一句。

“天天吃野山参，大拇指那么粗的。”

“天气热，当心上火。”

“不吃饱人参，怎么有力气跟精神病斗智斗勇？”

张一伟嘿了一声。周游揉了揉鼻子，作势抠鼻屎，往地上弹了弹。不远处的周父也朝这边投来视线。张一伟只当没看见，自顾自地拉起郑苹的手，捏了捏：“你忙，我先下去了。”郑苹点点头。瞥见刁瑞自始至终低着头，不敢看他。又想，张一伟统共也只来过话剧社两三次，竟能策反这女孩儿，不晓得是怎么做到的。可惜这女孩儿太想飞上枝头当凤凰了，他这么做，费心费力，却也只是给她一次要挟的机会罢了。

对讲机里通知“各就各位”。郑母站起来便朝外走，周父拉她手臂，有些惊惶地：“你做啥？”

她轻轻甩脱："做啥？去外面透透气，抽根烟。"瞥见他不太相信的神情，又冷哼一声："放心，我是演员，不会开这种玩笑。"说着又要走。周父不松手。她有些嘲弄地看他一眼："早知如此，又何必挑今天呢？我知道你是想让他演完才说的，可惜，人算不如天算，包袱提早抖开了。"她难得对他说这么多话，语速又是极快的。周父依然是不松手，脸上神情做得若无其事。碍着旁人在，她说话也是极小声。

"先坐下。"周父压着音量，语气却是有些严厉了。

她朝他看。忽地，重重地甩开了他。他没提防，往后踉踉跄跄退了两步。她径直朝外走去。高跟鞋在地上踏得清清脆脆，旗袍勾勒出的腰肢，随身形微微摆动。经过骆以达身边时，她停下来，虽只是一秒钟不到的时间，也很明显了——似是等他交代什么，说些话，或是做些什么。可惜没有。他背对着她，动也不动，木头人似的。她一颗心直沉下去。再不停留，快步往前走去。舞台督导早下了指令，所有演员在后台待命，但见她这样，也不敢拦。郑苹上前跟着母亲，见她开了侧门出去，果然点了支烟。

"要吗？"郑母拿着烟，问她。

郑苹接过。母女俩还是第一次一起抽烟。郑苹知道母亲会抽烟，但从未见过。郑母抽烟姿势很漂亮，纤长的手指夹着。但一看便是花架子，烟多数吐了出来，并不真吸进去。两人不说话，各自朝着一边抽烟。很快抽完了，郑母把烟头在墙上掐灭。

“进去吧。”她道。

话剧演得很顺利。台下几乎是座无虚席。不少是二十年前繁漪的粉丝，专程冲着她来的。隔了这么久，周朴园和繁漪都还是当年的面孔。舞台会转，像地球一样，到了一定时候又会转回来。人都还站在原地呢。演员有新旧之分，观众也是如此。新观众看的是热闹，老观众看的是情怀。逝去的年华是本书，翻一页过去，便在心上留道印迹，一页一页，密密麻麻。还未开演，心里已是满的，及至看见人，岁月的感觉袭上心头，立刻便满溢出来，哭与笑，喜与悲，台上台下都是相连的。

很快，演至结尾高潮处。

繁漪痛苦地：“萍，你说，你说出来；我不怕，我早已忘了我自己。（向周冲）你不要以为我是你的母亲，你的母亲早死了，早叫你父亲压死了，闷死了。现在我不是你的母亲。她是见着周萍又活了的女人，她也是要一个男人真爱她，要真真活着的女人！”

周冲心痛地：“哦，妈。”

周萍对着周冲：“她病了。（向繁漪）你跟我上楼去吧！你大概是该歇一歇。”

“胡说！我没有病，我没有病，我神经上没有一点儿病。你们不要以为我说胡话。我忍了多少年了，我在这个死地方，监狱似的周公馆，陪着一个阎王十八年了，我的心并没有死；你的父亲只叫我生了冲儿，然而我的心，我这个人还是我的——”

繁漪说到这里，忽然停下来，走到台前。饰演周冲的是个年轻演员，经验不足，见她对白说到一半，与排练时不符，便也愣在那里，不知所措。繁漪对着台下，哀伤地望向远处，一动不动。灯光打在她的脸上，五官像瓷器般纹理细腻，透着光。很美。剧场里静寂一片。连繁漪轻轻的一声叹息，都听得清清楚楚。她说下去：“就只有他才要了我整个的人，可是他现在不要我，又不要我了！”

这句对白，她本该是对着周萍说的。此刻却是对着台下，第一排的观众都看到她眼里噙的泪了。她停顿一下，又说了一遍：“他又不要我了！”话冲出口那瞬，喉口立时便哑了。什么东西涌到鼻尖，涩得发苦。每个字都似是带着翅膀，在剧场内盘旋，还有回音。台上站着好几个演员，观众却只盯着她一人看。她是舞台的中心。有熟悉《雷雨》的，已觉出些不对，但又怀疑是新版的噱头，故意这么演的。

繁漪说完那句，停下来，静静地看着前方。“他又不要我了！”她满脑子都是这句，接下去的台词，竟是一点儿也想不起来了。她完全不担心，反而一身轻松，想，索性就这么一直站着吧。脑子里是空白的。她又往前跨一步，再一步。脚像踏在云朵里，整个人似是飞了起来。跳下舞台那瞬，她眼前闪过他的脸——是初见面时的那张青青涩涩的脸，孩子似的纯真眼神，看她时有些露怯，看一眼，停一停，再看一眼。反倒不及她大方。他替她把行李拿到宿舍。她听到别人叫他的名字，骆以达，骆以达，她心里念了两遍，顿时便记住了。他笑的时候，居然还有酒窝。左边那个深，右边的要浅一些，不对称，但依然好看。她觉得自己很没有出息，这当口还想着他。这场戏没有他，他该是坐在后台，揣着那张去澳洲的登机牌。她晓得他有苦衷。这些年，他每回都有苦衷，否则他早娶了她。可又怎么样呢，他终究是没有。“苦衷”在她看来，跟“借口”差不多。天底下又有多少恋情是一帆风顺的？那些负心的，谁的嘴里又倒不出几汪苦水来？——她竟忍不住想笑了。不知是笑别人，还是笑自己。

她直直地往前倒去。舞台很高，摔下去必死无疑。她想，比喝农药好，演员死在剧场里，那是最妙的结局。忽然，一双手抓住了她。众人惊呼声中，“周朴园”变戏法似的出现了，牢牢抓住“繁漪”。她兀自没有反应过来，及至被他抱在怀里，闻到他身上那再熟悉不过的味道，不由得呆了。他抱得她那样紧，完全不管不顾地。她几乎要透不过气来，一阵晕眩。想，这是梦吧，肯定是。否则他怎么会当着这么多人的面抱她？这么大的场合，这么亮的灯光，这么多双眼睛看着——不是梦是什么？她听到他的心跳声，还有自己的，扑通扑通。也不知过了多久，她终是忍不住，眼泪夺眶而出，像个孩子那样哭了起来。

晚上九点半，慈善酒会准时开始。就在大剧院楼上的望星空宴会厅，布置得金碧辉煌。正中是“怡基金揭幕酒会”几个大字。郑母换了套衣服出来。周父揽着她，笑吟吟地招呼客人。有客人问起郑母，身体怎么样。郑母还未回答，周父已抢在前头：“为了穿旗袍漂亮，连着十来天都不吃主食，女人就爱这么作践自己。”说着朝郑母看：“你呀，早劝过你了，演戏也是体力活儿，不吃饭，别昏倒在台上才好——被我说中了吧？”

郑母不语，望向远处角落里的骆以达。他也在看她。

“最后一次了，”入座后，郑母对丈夫道，“明天就去办手续。”

“那他呢？”周父问。

“他要是坐牢，我每天探监便是。”她淡淡地道。

周父嘿了一声，拿起酒杯，微笑着朝旁边客人让了让，再转过来，眼里笑意全无：“随你。”

郑苹是主持人，先说了段开场白，便请周父上台致辞。周父说得很简短：“我夫人名字里有个‘怡’字，所以我设立了这个‘怡基金’，主要是想帮助那些无父无母的孤儿，让他们能够健康地成长，能够上学。这件事具体实施起来会有难度，但我一定竭尽全力，持续地做下去。”

掌声过后，台上的LED屏幕便开始播放关于“怡基金”的宣传片。PPT是郑苹请专业人员做的，一共二十分钟。郑苹走下台，坐到母亲身边。见她脸色兀自有些发白，神情倒是透着悦色。刚才那瞬，心都跳到嗓子眼了，也亏得骆以达反应快，否则后果真是不堪设想。郑苹又想，在那么多人面前那样，这比盖一百个章都管用，是板上钉钉的意思。酒会还没开始呢，那边倒已先揭了幕，就是不晓得接下去会怎样。

忽地，屏幕上出现偌大的三个字：“伪君子！”

众人一阵哗然。“伪君子”用了血红的特大号字体，占了屏幕的大半，甚是醒目。紧接着，又是一句“踩在尸体上发财的不良商人”。后面有文字说明，几年前周父公司的一个楼盘在建筑过程中发生倒塌事故，造成十来名工人死亡，结果只是草草了结，无人追究。还配有照片，先是一张工地事故现场的，惨不忍睹，接下去连着几张，是家属哭天抢地在周父公司门口讨要说法，被保安强行拉走。再接着，是已竣工的楼盘正面照，坐落在黄浦江畔，广告语是“坐拥极致，享尽奢华”，与前面形成鲜明对比。最后一张照片，是该楼盘获得“年度沪上最佳楼盘”的称号，周父上台领奖，意气风发。

后台放映人员兀自不知，前台一干人也是呆了，忘了该如何应对。周游冲到后台，嚷着：“你他妈给我停下来——”急急地按下停止键。放映员才知道闯祸了。这么一来一回，也已是过了三四分钟了。

现场顿时鸦雀无声，众人面面相觑。饶是周父久经沙场，这会儿也是脸色铁青。郑苹匆匆拿出备用的 U 盘，交给放映员。音乐声中，屏幕上出现一群孩子，举起手，殷切地捧出一颗红心，映衬着“怡基金”几个大字，蔚为壮观。她再看换下的那个 U 盘，外观与她原先的一模一样，里面的 PPT 文件名也是完全相同。很明显是被人调了包。早上起来还在电脑上检查过一遍，并无异样。郑苹不禁朝张一伟看去。他也在看她，目光在半空中相接，干涩得像是深秋地上的落叶。U 盘自然是他换下的。日子也是他算好的，不早不迟，恰恰是酒会的前一晚。U 盘就放在写字台上，趁她上厕所、洗漱，或是准备早餐的时候，机会多得是。她转过头，再不与他相对，心里忽然羞愧得要命，满脑子都是“自作多情”这个词。他又怎会真喜欢上她？要说喜欢，八年前就喜欢了，哪会等到现在？——是她多心了。女追男隔层纱；日久生情；精诚所至，金石为开……这些对他统统都不适用。他对她的心，与八年前退还纸鹤那刻绝无二致。

宣传片结束后，大厅响起轻柔的华尔兹音乐。周父站起来，上身微躬，伸手向郑母邀舞。郑母迟疑了一下，还是与他相握。两人到舞池中央，缓缓起舞。郑母瞥过一旁的骆以达，见他脸上带着微笑，便也报以微笑。此时此刻，两人再无嫌隙，彼此心照。

“知道我第一次见到你是什么时候吗？”周父在她耳边道。

郑母不语。周父径直说下去：“我猜你肯定想是在人艺舞台上。其实不是，比这个更早，是你大二那年，我刚好去上戏办事，看你们在排练《雷雨》，那时你演的是四凤。你一直以为我是看了你演的繁漪才喜欢上你的，我也从没跟你说过，其实比起繁漪，我更喜欢你演的四凤。男人嘛，说到底口味都差不多，周萍不也是喜欢四凤？周冲就更别说了。繁漪那样的脾性，放在舞台上出彩，生活里就有些过了。还是四凤好，简简单单。”他说着又加上一句：“女人还是简单些好，自己舒服，别人也舒服。你说呢？”

郑母依然是不说话。

“你再考虑一下，”周父劝她，“那么多年都过来了，也不急于一时。”

“不用考虑。”郑母回答。

周父朝她看了一会儿，叹了口气，伸手在她肩上捋了捋：“你这人啊——”喉口一紧，后面的话居然没跟上，像被什么绊了一下。这对他来说已是绝无仅有的了。便是当年与第二任妻子谈判，那女人干部家庭出身，思路清楚，口才也好，摆出要让他净身出户的架势，他脸上也是笑的，手段也是硬的，到头来也没让她占着一丁点儿便宜。他心里清楚，没有那女人，他无论如何到不了今天的光景。那段婚姻在他眼里只是场交易，所以他能硬起心肠。但此刻情形完全不同，他对她，别说手段，便是狠话，都扔不出一句。

“我，对你不好吗？”他想问她，瞥见她并不看他。顺着她目光看去，那头是骆以达。心里嘿了一声，把那句话咽了回去，脸上兀自笑容不变。他是主人家，开第一支舞。接着，宾客们也开始纷纷起舞。

张一伟来到郑苹座位边，伸出手：“跳支舞？”

郑苹不动：“没精神。”

“有话跟你说。”他道。

“说吧，我听着。”她头也不抬。

他停顿一下，在她身边坐下来：“我不预备说对不起。”郑苹哈的一声，竟有些好笑了，心想这男人连道歉也懒得敷衍了。“没关系，”她道，“说不说都一样，反正我也不会接受。”又想自己这话仍然像是赌气，该更无所谓些才对。索性不睬他，拿起香槟喝了一口，头转向另一边。停了几秒钟，终究是忍不住，又别回来，对他道：“你另找个位子坐吧。”

“我晓得，你现在很生气，”他看着她，“不过我这么做，你该明白的。”

“嗯，”她点头，“替天行道嘛。”

他不理会她的嘲讽，停了停，又道：“其实我今天想做两件事，除了刚才那件，还有一件。”

郑苹心念一动，瞥见他裤袋那里凸起一块，似是有什么东西，“求婚啊，”她笑笑，“口袋里装的是戒指？啧啧，你张一伟梁山好汉似的人物，原来也会做这种事？——拿出来我看看，当众求婚，钻石总不至于太小吧。不过也难讲，你这人不能以常理论之，到时候掏颗玻璃球出来，也不是没可能的。我要是不答应，你准会说，你凭什么不答应，凭什么这么嚣张？你有什么了不起，你头上长角吗？”她学着他之前的语气，笑吟吟地一路说了下去。

他有些诧异地看她。认识她到现在，还是第一次见她这么促狭。她霍地停下，朝他看：“你是不是觉得我特别好欺负？”他一怔，还不及回答，她又道：“嗯，不能叫‘好欺负’，应该叫‘自作自受’，或者是‘傻到极点’才对。”她说到这里，鼻子一酸，强抑着不让眼泪流出来，嘴上却是愈发凌厉起来：“你知道吗，去年年底你跑来找周游爸爸，那天我刚好也在，就在你们隔壁。”

他一凛，脸色顿时变了。

“其实我也不是存心偷听你们说话，可你这个人呀，就算是问别人要钱，也是一副闹革命的模样，好像别人前世欠了你的，不给不行。”她嘲弄地迎住他的目光，“我只是不明白，你不是恨他入骨吗，道不同不相为谋，怎么会跑来问他要钱？你的原则呢，你的铮铮傲骨呢？怎么，那阵子没喝牛奶，比较缺钙，是不是？”

张一伟不说话。郑苹瞥见他嘴唇咬得很紧，隐隐有牙齿摩擦的声音，脸上一阵青一阵白，完全被刺痛的神情。她晓得这几句话的杀伤力。她以为自己会藏着一辈子不说，女人对着心爱的男人，嘴巴原本就是去芜存菁的。她甚至都快忘了这些了。如果不是此刻，他让她难受得想死，她真的会憋一辈子的，睁只眼闭只眼，不去想个究竟。他是怎样的人，对别人怎样，与她又有什么关系呢，她只要他对她的一颗心，就足够了。可到底是落空了——她感到一阵报复的快感，却又有什么东西在胸口直沉下去。很爽，却又很憋屈。是自暴自弃的心情。

“是因为我妈的病。否则我妈只有等死。不为别的。”他看着她，一字一句地迸出。

“他没答应，所以你就更加恨他了，对吗？”

“他答不答应，我都恨他。这是两码事。”他沉声道。

郑苹嘿了一声，完全不给他台阶下：“也就是说，就算他把钱给你了，你也不会给他好脸色，照样骂人家为富不仁坏事做绝。你不觉得你很可笑吗？我倒要问问你，你这么做，是把自己放在什么位置？你凭什么这么了不起，这么嚣张？你是上帝吗，你头上长角吗？”

他被她问得有些呆住了。“所以呢，”他道，“我应该像你一样，拿了人家的好处，就把自己原先姓什么都忘了，是吗？”

“那也比你好，至少我不会说一套做一套，又当婊子又立牌坊。”这话出口，她自己都是一惊，有些恶毒了。

他沉默了一下：“既然如此，你干吗那么恨你妈？我猜你将来也是走你妈的老路，嫁个小开。周游不错啊，现在先吊足他胃口，弄得他服服帖帖。女人都喜欢玩欲擒故纵，你郑小姐属于玩得出神入化的那种。站在男人的角度，我劝你见好就收，差不多就行了，别把篷扯得太足，当心断掉。不过也难讲，你做事那么有分寸，应该也没问题。少了个老爸，现在又多了个老爸，还赚个未来的老公，蛮好。别看你面上棱角分明咋咋呼呼的，其实骨子里很会为自己打算。我挺佩服你。”

“什么意思？”郑苹看他。

“没什么意思，”他耸耸肩，“夸你呀——只要实惠，不要牌坊。多灵光。”

两人对视一眼，便立刻把目光移开。其实是不敢与对方互望，你一言我一语的，每句话都是刀刃朝着外面，轻轻一擦便能看见血光。说的时候很畅快，像把前一阵肚子里积的东西一股脑儿吐了出来，剥皮拆骨。及至吐出来，又觉得浑身空落落的，没有一丝力气。两人都不曾料到会从对方嘴里听到这些。那些话，完全不由自主地蹦一句出来，又蹦一句出来。其实是把双刃刀，这边受伤，那边也在流血。两败俱伤的架势。

“我从没说过自己有多么高尚。”半晌，郑苹说了句。

“我也没有！”他忽地提高音量，倒把她吓了一跳，抬头看去，见他眼睛布满了血丝，竟红得有些吓人，那一瞬，五官也与平时不同，声音也因为绷得太紧而沙哑了，整个人似是陡地老了六七岁。他下意识地抓着头发，“我也没有，我也没有——”他重复着这句话，像是喃喃自语，又像是辩解什么。眼神定定的，眼珠动也不动。郑苹被他这模样惊得呆了，拿手去抚他肩膀。他一让，她扑个空。停了停，又去抚，这次他不动，她触到他微颤的肩头，心里难受得很。她原本是打算在他面前做一世乖女孩儿的。他与她，都是一样的境遇。她看他，有时候其实像在照镜子，又像左手跟右手下棋，再怎样七拐八绕都是差不多的路数。这手棋还未落定，下一手已晓得会怎样。这些年她想起他，脑子里最先冒出的，便是“怜惜”二字。这二字通常是用在女人身上。可不知怎的，他那样高大健硕的一个男人，竟会让她有这样的情感。此时此刻，更是如此。她不自禁地在他肩上拍了两下。他霍地站起来，拿过服务生端来的一杯酒，头一仰，一饮而尽。说声“我去洗手间”，转身便走。郑苹在座位上呆了半晌，一抬头，瞥见邻座周游似笑非笑的目光。猜他一直关注着这边，忙把头别开。周游已走了过来。

“你是前世欠了他的，我是前世欠了你的。”他摇头。

“刁瑞呢？”郑苹岔开话题，“刚才看见你和她在跳舞。”

“给了她一张空白支票，让她随便填。”

“结果呢？”

“没要，还给我了。说爱的是我这个人，不是钱。”

“那挺好。”

“这话要是真的，母猪都会上树。”他嘿了一声。

郑苹也笑笑：“看来真的要喝你喜酒了。”

“还要谈。我没那么容易妥协。”

“你爸怎么说？”

“说了，这事让我自己摆平。如果摆不平，就自己兜着。”

郑苹知道这话不假。周父待她母女宽厚，对周游却向来严苛。膝下只他一个独子，偌大的家业将来都要交给他，老派的想法，自是要多管教些。想着安慰他两句，周游已说了下去：“要是我真的进去了，老头子发发功，也许只关个三五年就出来，到时候我还不到三十，生意不管了，家产也去他妈的统统不要了，照旧画我的画儿——你愿不愿意等我？”

郑苹怔了怔，见他一脸认真，话说得又是这般孩子气，不禁心头一酸，嘴上道：“到时候你小貂蝉都出来了，哪里还有我的事？”

刁瑞走过来，朝郑苹打招呼："郑姐。"郑苹点点头，识相地走开了。听见周游在身后道："寻个地方再聊聊。"刁瑞哈的一声，不说好，也不说不好。心里叹了口气，想这世上真正称心如意的人只怕也不多，在旁人眼里，周游算得上是天之骄子了，却只有她晓得，遗憾的事情不止一桩。又听周游隐约说了句"上天台聊——"，心想眼看着就是一场雷阵雨，上天台做什么。

现场督导提示郑苹上台，抽奖环节到了。

郑苹走上台，说了流程。每人的请柬后面有个号码，已统统输入电脑，依次抽奖。先是三等奖和二等奖，热闹了一番，最后大奖是一辆宝马 X6，由周父亲自抽取。他上台来，大屏幕滚动号码，他按下鼠标，又滚动了几下，落定在一个号码上。

"75 号。"郑苹道，"请这位幸运儿上台来。"

台下并无动静。郑苹又说了一遍："请 75 号的先生或是女士到台上来，恭喜您获得了大奖。"依然是无人响应。众人正纳闷间，忽见一人站起来，缓缓地走上台。正是张一伟。

郑苹不与他对视，退到一边。周父亲自为他送上车钥匙与鲜花，握手那一瞬，靠近他，轻声说了句："本来是 X3，听说你来，临时改成 X6 了。"张一伟怔了怔，瞥见周父眼镜后那道光闪得狡黠，停顿一下，问："这算是贿赂吗？"

“你说是，那就算是吧。”周父微笑着，示意他面向台下，接受众人的鼓掌。郑苹偷偷朝他看，见他低着头，似在思忖。X6 最低配也要百把来万，周父这礼送得不小。不由得又有些担心，怕这人现在闹将开来，那便不好收拾。忙拿起话筒：“让我们再次以热烈的掌声向这位先生表示祝贺。”目光依然是避开他，倒不是为了别的，而是怕他难堪，拿着那把特制的大钥匙，在她面前下不来台，别当众做傻事才好。

张一伟到底还是拿过了她的话筒。对着台下众人：“这辆车，明天我会开到二手市场卖掉，就当是周总托我转交给那些家属的赔偿金。”

此言一出，台下俱是哗然。与此同时，屋外传来响亮的一记雷声，使得厅里几乎一震。张一伟不再停留，径直下了台。郑苹不自禁地朝周父望去，见他笑容不变，也走下台来。郑苹又朝四处张望，没见到周游和刁瑞。没来由地有些担心，想，不会真去天台了吧。周游再怎么说说笑笑，那件事到底是有些惊心动魄的，况且又是夜里，又是天台，还下着雨，这气氛竟有些森然了。

郑苹给周游打电话，那头接起来：“什么事？”郑苹问他：“在哪里？”他回答：“动之以情，晓之以理呢。”郑苹关照：“吓唬吓唬就行了，别太过分。”那边扔下一句：“我晓得。”挂了。

酒会结束，客人陆续离席。周父与郑母站在大厅门口送客。张一伟独自坐在角落里，郑苹远远望着他，并不上前。他应该也是感受到了她的目光，也不抬头。两人僵持了一会儿，张一伟站起来，四处张望，应该是找他母亲。郑苹缓缓走过去。

“伯母呢？”她找个由头开口。

“大概去厕所了。”他看表，“去了有一阵了。”

“我替你找找。”郑苹说着，又朝他看一眼。他说声“谢谢”。她道“不用”。两人客气得过了头。她去了附近的卫生间，并没看见人。又见客人已走了六七成，大厅门口也只剩下郑母一人，上前问她：“周伯伯呢？”郑母回答：“张一伟妈妈找他有事，两人走开了。”郑苹便有些意外，想这两人竟然也有话说。这时手机响了，接起来，是导演，说他一个包落在后台上，让她替他先收着，下周他去话剧社拿。郑苹答应了，踱到后台，一个人也没有，拿了东西正要离开，忽听见隔壁有人说话：“你让我放过他，不如先劝他放过我。”正是周父的声音。

郑苹愣了一下，悄悄走近，隔着一扇偏门，果然见到周父与张母站在里头。背着光，两人的脸都浸在阴影里，看不甚清。

“算我求求你，行不行？”张母恳求的口气。

周父嘿了一声：“你不用求我。反过来倒是我要求你，你儿子是要把我往绝路上赶啊。”

“我求求你——我从来没有求过你吧？当年你要和那女人结婚，我一句话不说，全由得你。八年前，你撞死我男人，我也没有求你，没要你一分钱——”

“我要给的，是你自己不要！”周父打断她，沉声道，“你一个女人带个孩子，我晓得你艰难，房子给你，钞票也给你。是你自己憋着一口气，死活不要。我晓得你的心思，是存心不领我的情，把我变成个大恶人。既然如此，你生你的病，又何必让你儿子来求我？”

“什么？”张母惊讶道，“几时的事情？”

周父咦了一声：“原来你不晓得。你儿子只当我不答应，嘿，他也不想想，单凭郑苹那小丫头，能请到那么好的大夫治你的病？还有几千块钱一晚的 VIP 病房，上海滩那么多有钱人，多少人排着队等，怎么就单单轮到你？我也算仁至义尽了。这些年睁只眼闭只眼，倒被人欺得得寸进尺。刚才的情形你也看见了，当着那么多人的面——是他不仁在先，别怪我不义了。”

“他是小孩子，你别跟他计较。我求求你。”张母依然是恳求。

周父冷哼一声，并不回答。

张母似是哽咽了一下：“是我不好，不该让他知道我们之前的事情。这孩子脾气犟，想事情一条筋，心疼我这些年吃的苦。况且他同他爸爸关系又好——”

周父又是哼的一声："怎么你没说吗？我是陈世美没错，为了千金小姐抛弃糟糠妻，这些你告诉他也没什么。怎么他爸爸的事你倒不说了？他是怎么撞到我车子的，监控拍得清清楚楚，我是顾及你，才没说的。现在你儿子反倒为这个恨得我咬牙切齿。"

"你让我怎么说？"张母哽咽道，"告诉他，他爸爸其实是碰瓷，存心讹人钱吗？你不晓得，他爸爸是多么老实巴交的一个人，我们早上卖煎饼，少找别人一块钱，他都要追上去还给人家。要不是实在过不下去，也不至于——"说到这里，她已是泣不成声。

"你不要同我说这个，"周父似是有些不耐烦，"现在我也被你儿子弄得快过不下去了——你哭哭啼啼算怎么回事，你这个女人，你不要以为这样，我就会心软。你儿子现在就是我眼中钉肉中刺，非拔掉不可。机会我给过他很多次，是他自己不识趣。"

"你——"

"好歹夫妻一场，将来你养老送终，总包在我身上便是。"

屋外又是一记响雷，震得人耳膜发疼。

郑苹怔在那里。这一天里发生的变故太多，脑筋都转不过来了。她想起周游说他父亲以前在苏北老家有个妻子，没想到竟然是张母。一场车祸撞死两个男人，剩下两个女人，一个后来嫁给了他，一个竟是他前妻。都说戏台上是无巧不成书，现实生活竟更是匪夷所思了。她还是第一次听周父这么阴森森地说话，背上不自禁地起了冷汗。

停了半晌，张母似是下了很大的决心："你听我说——其实，他是你的儿子。"

郑苹闻言一惊。只听周父嘿了一声，似是好笑："你觉得我会相信吗？"

"我不骗你。他是1987年6月生的，你自己算日子。你1986年9月最后一次回的老家，11月就写信来说要离婚。我恨你变心，就没跟你说这事。本来想打掉的，医生说我体弱，这胎打掉，弄不好以后就不能再生。你再想想，这孩子的长相，是不是像极了你年轻时的模样？"

周父不语，似是沉吟。

"你如果还是不信，就去验DNA，这总作不得假吧？"张母急得声音都有些哑了，"本来我想瞒你一辈子的，可今天再不说，我怕你害了自己亲生儿子。"

周父蹙着眉，依然是不语。沉默了片刻，他缓缓地道："你去跟他说。"

张母答应了。他又叮嘱道："还有他爸——你前面那个男人的事，也一并跟他讲清楚。"

张母犹豫了一下："这又何必？"

周父嘿了一声："教他晓得这世界不是他想当然的模样。人跟人的边界，不是铅笔描的那种，而是水彩颜料晕染出来的，泾渭哪有那么分明——要做我儿子，这层先要想明白。”

郑苹匆匆离开了。回到宴会厅，见张一伟还坐在那里。很快，张母走了过去，拉住儿子说话。没说几句，张一伟的脸色便变了，霍地站起来，说：“不可能！”张母又拉他坐了下来。郑苹冷眼旁观，想，换作是她，这会儿肯定也接受不了。八年前跟着母亲刚到周家那阵，她天天算着周父上班的时间才出房间，连跟他打照面都觉得尴尬。仇人一下子变成亲近的人，那感觉真是要命的。更何况那个还是他的亲生父亲。郑苹心里叹了口气，想，够这人难受一阵了。朝四周打量，依然是没见到周游和刁瑞。

“我不信，你骗我！”张一伟忽然大叫一声，起身朝外冲去。张母叫他名字，他只是不理，转瞬便出了宴会厅。张母呆坐在地，神情委顿。郑苹停了停，上前：“伯母，没事吧？”

张母摇了摇头。郑苹给她拿了杯水。她接过，说声“谢谢”，有气无力地。郑苹细看她，与母亲差不多年纪，却似大了七八岁还不止。女人一辛苦，就显得苍老。张一伟说他母亲性子倒比他父亲更像个男人，里外都靠她操持。郑苹想也是如此。年纪轻轻便被丈夫抛弃，带着儿子再嫁，个中苦处自是难以言喻。偏偏第二任丈夫又是早逝，她一人把儿子拉扯大，便是境遇再糟，负心男人的钱，她也是决计不收。硬气如此，况且又得了绝症。郑苹想到这里，对眼前的老妇人更多了几分敬重："伯母你坐一会儿，我去给你们叫辆车。"

一道闪电从眼前划过，即便是室内，也觉得刺眼，像一条金龙舞过。接着，"啪！"一个惊雷，在头顶炸开。

与此同时，听到一人惊呼："有人被雷打中，从楼上摔下去了！"

宴会厅里顿时乱作一团，都问："怎么回事，是谁？"众人七嘴八舌。很快，有人补充："是两个人，一男一女，从天台摔下去了！"郑苹一惊，立刻有种不祥的预感。果然，不一会儿，又有人冲进来，惊惶至极的神情："是周总的儿子，被雷劈到，这么高摔下去，人都摔碎了。还有个女的，演四凤那个，都烧得不成——"这人话到一半便打住，看见周父站在一边，顿时期期艾艾："周总，这个，周总——"

周父脸色惨白，身体抖了两抖，强自撑着。有人报了警。一会儿，他一个随行匆匆进来，走到他边上耳语了几句。周父先是不动，嘴唇突然像抽风那样抖动起来，想说话，却又发不出声。他立时便要冲出去，被人死死拉住。他挣扎了几下，便不动了，就那样定定地站着，眼睛成了两个黑洞，完全没有神气，也不知看向哪里。半晌，整个人剧烈地颤抖起来，撕心裂肺地叫一声："啊——"

正混乱之际，又有人叫："那辆车，中奖的车，撞到电线杆上了！"

众人又是一惊。还没反应过来，张母已叫了出来："一伟，一伟——"

"人怎么样？"又一人问。

"人都从车里飞出来了，怕是不行了。"

又一道闪电划过。"啪！"雷声像是打在人的心上，把五脏六腑都要惊得蹦出来。那瞬，郑苹脑子忽然一片空白，莫名地，手脚开始发麻。张母疯也似的冲出大厅。周父终究还是撑不住了，整个人瘫在地上。旁人七手八脚，抬手的抬手，抬脚的抬脚。郑母的声音："掐人中——"郑苹怔怔地站在那里，傻了似的，忘了接下去应该干什么。眼前发花，只见到人在动，机械得像木偶似的。世界似是变成了黑白色，线条冷峻，简约是简约，看久了一颗心便空荡荡的。她记得有一次周游教她画素描，白布上放本书。她觉得颜色太单调，不好画。他说素描最重要的就是区别黑白灰的层次感。他说："不能只盯住一个地方，否则会失衡。从桌子到白布，到书，再到书的每一页，都要连起来看，要对比着画。"她依然是不喜欢，说宁可学水彩画，鲜艳些。他说："把那些颜色都卸下来，才是这世界真正的样子。你以为这世界是五颜六色的吗？你闭上眼睛，想一想，这世界是什么颜色？"她竟真的闭上眼睛，却被他趁机在脸颊上亲了一口。他为她画的肖像，她放在抽屉里。隔了几年，纸张有些发黄了，上面那个少女手托腮，脸朝这边，眼睛却瞧向另一边。画儿的右下角有一行小字："给亲爱的苹。"那时她嫌这话肉麻，死活要擦掉。周游把家里所有的橡皮擦都藏起来。那天，两人闹得很欢，真像两个孩子了。

警车和救护车很快到了，三具尸体被抬走。郑苹站在一边，没撑伞，雨水顺着额头落到颈里。雷声与闪电不断，天空像在放着巨大的鞭炮，还有烟花。郑苹奇怪自己竟然一滴眼泪也没有流。就像八年前，看到父亲的尸身那刻，泪腺被堵住了似的，怎么也哭不出来。那天，她想，索性就让雷把我打死吧。又想，跟父亲说的最后一句话是什么呢，是那句"买好小笼包快点儿回来"——从那以后，她再也没有吃过小笼包。

一个小盒子从张一伟的裤袋里掉出来。郑苹捡起，打开一看，是一只金子打造的小仙鹤，大拇指那么大小，十分精巧。刚才她对他说"不会是戒指吧"，原来竟是这个。盒子里还附了张纸条，是他的笔迹："本来也想叠一罐纸鹤的，可我这人手笨，等做好恐怕头发都白了。别人都讲心意是最珍贵的，金的银的反而俗气。我想，俗气就俗气吧，不喜欢也请你收下。等将来有机会，你教我叠纸鹤，我叠一屋子心意给你，好不好？"

郑苹看着，怔怔地一动不动，似是痴了。渐渐地，有液体从脸上流下来，不知是雨水还是别的什么。一张纸随风飘了过来落在她脚下，正是《雷雨》的海报。那一众人大大小小的脸，被雨水淋个透湿，又因是抛光的材质，五官都完全不像了，俱是望着天空，哭笑都看不甚清，脸浮凸起一片，朦朦胧胧的神情——看久了，竟觉得有些可笑了。

尾 声

周父与郑母离婚后，找了个老和尚，不久便皈依了。他变得话很多，逢人便说："早晓得就让他画画儿了，学什么生意？是我害了他，该遭雷劈的是我——"初时人们还劝他几句，见他说得多了，便也烦了，索性由他去。

警察看了那晚天台的监控录像，周游和刁瑞先是说话，渐渐地，似是吵架了，周游推了刁瑞一把，她没站稳，便到了天台边上。两人越吵越凶。忽然一个闪电，刁瑞被雷劈中，一个踉跄，便朝楼下跌去。周游上前拉她，结果两人一起摔了下去。警察由此排除他杀，裁定这是一起意外。至于张一伟，法医在他体内验出酒精含量超标，属于酒驾。

骆以达进了戒毒所。郑母每周去看他一次。郑苹问她，几时办证。她说倒不急了，这把年纪，领不领证心意都在那儿。她也去看过周父，说他变了个人似的，生意也不做了，听了师父的话，要洗清前世今生的孽，全副家当都投进"怡基金"。

“唉，”郑母说起他便叹息，“白发人送黑发人。”

郑苹心想，黑发人其实是两个。

《雷雨》下档后，话剧社开始排《茶馆》。老耿演黄胖子。一次午饭后，他来找郑苹。

“我想演王掌柜，您看行不行？”他开门见山。

郑苹有些意外：“这个——都安排好了，不好意思啊耿叔。”

他摸了摸头：“本来也没什么，演了那么多年配角了，被人家叫千年老龙套，都习惯了，可人就是有这毛病，演了一回主角，尝了甜头，就觉得还是主角好啊，”他说着，看向郑苹桌边那部手机：“手机修得还行吧？”

郑苹一怔：“蛮好的。”

“里面的照片啊、视频啊，还清楚吧？”老耿朝她看。

郑苹又是一怔。

“您别误会，我没别的意思，”老耿道，“我是这么想的，您当初让我演周朴园，也是想圆您父亲的一个梦，长相和主角配角没多大关系，关键是演技，您是这个意思，对吧？黄胖子、刘麻子我都演了八百多回了，为什么？就因为我长得不正气，换了别人会这么想。可您不一样啊，您能让我演周朴园，就能让我演王掌柜。您就再给我一次机会。”

郑苹不作声。半晌，道：“我要是觉得不合适呢？”

“那也没法子，”老耿有意无意地又朝桌上的手机看去，

“您是老板，让我演什么，我就演什么，这是做演员的规矩。我规矩了几十年了，总不见得为这个就怎么样，免得将来人不在了，被人指着脊梁骨骂不仗义。人是走了，看不到也听不见，可身后的名声也要紧啊，我们中国人都看重这个。您说是不是？”

郑苹嘿了一声。

老耿继续道：“您别笑话我。当初我还劝您呢，说开辟新路子也要有个度，什么角色该什么人演，都有一定路数。讲起来也难为情，都到这把岁数了，戏台上过了半辈子，以为什么都想开了，人生如朝露，富贵如浮云，谁晓得临老了，反倒是看不透了，托您的福演了回正角，竟把心思给演活了，勾出了瘾。您说得有道理，谁说主角就该长成这样，配角就该长成那样呢？天底下的人，要是一眼就能分个好坏忠奸，那岂不是成了笑话？照我说，每个人其实都该是看不透的，看着这样，其实那样。演员要能把这层意思演出来，那就是了不起。”

郑苹听着，不觉有些走神。瞥见老耿的嘴巴不停地动，久了，就有些倦意。以至于他说什么，反倒不甚在意了。窗台上那盆蝴蝶兰开得正娇，粉紫的花瓣仿佛要振翅开去，姿势摆得极好——终是个样子罢了。盛夏的午后，容易犯困，不自觉便打了个呵欠。老耿停在那里，朝她看。最后那句是：“您父亲要是还在世，王掌柜必然也想演的。”

郑苹朝窗外看去，这角度正对着门口那块招牌："郑寅生话剧社"。她依然是不语。余光瞟见老耿依然等着，也不催促，恭恭敬敬地——是鲁贵候着周朴园时的模样。忽然间，门开了，一人走了进来。近前一看，竟然是父亲——还是八年前的模样。郑苹顿时呆住了，一句话也说不出来。父亲也不说话。父女俩就那样互望着。一会儿，父亲转身出去。她急得去拉他衣角："爸，别走——"父亲朝她笑笑，说了声"你好好的"，依然是走了出去。郑苹想追出去，身体却似不听使唤，只是在原地。只得大叫："爸——"

整个人一震，双足在地上一蹬，睁开眼睛，哪里有半个人影？——原来是个梦。本想闭目养会儿神，谁知竟睡着了。郑苹想着梦里的情景，觉得脸颊凉凉的，一摸，竟全是泪水。

隔日郑苹便换了个新手机。排练时拿在手里，老耿见了，笑说："早该换了。"又问："旧手机呢？"郑苹说："扔了。"话一出口，下意识地朝他看。

"新手机挺漂亮。年轻女孩子就该这样，多好。"老耿说着，那边导演叫："黄胖子——"他应了一声，上场了。

郑苹走到窗前。街边的梧桐开花了，萼片状的浅黄色花瓣微微卷曲着，从楼上往下看，仿佛铺满整条马路。美得清雅，毫不张扬，为这干巴巴的城市添了几分趣致，让人看了便觉得舒心。仿佛随那尖尖的花瓣一起生长出来的，还有些别的什么。

图书在版编目（CIP）数据

规则人生 / 滕肖澜著．-- 石家庄：河北教育出版社，2022.10

（年轮典存丛书 / 邱华栋，杨晓升主编）

ISBN 978-7-5545-7185-9

I. ①规… II. ①滕… III. ①中篇小说 - 小说集 - 中国 - 当代 IV. ① I247.5

中国版本图书馆 CIP 数据核字（2022）第 157408 号

年轮典存丛书

书　　名　规则人生

GUIZE RENSHENG

作　　者　滕肖澜

出 版 人　董素山

总 策 划　金丽红　黎　波

责任编辑　汪雅瑛　王旭瑞

特约编辑　张　维　张金红

出　　版　河北出版传媒集团

河北教育出版社　http://www.hbep.com

（石家庄市联盟路 705 号，050061）

印　　制　天津盛辉印刷有限公司

开　　本　787 mm × 1092 mm　1/32

印　　张　7.75

字　　数　148 千字

版　　次　2022 年 10 月第 1 版

印　　次　2022 年 10 月第 1 次印刷

书　　号　ISBN 978-7-5545-7185-9

定　　价　48.00 元